ख़नक
(का इश्क)

ख़नक
(का इश्क)

स्वेता परमार 'निक्की'

ज्ञान गंगा, दिल्ली

प्रकाशक : ज्ञान गंगा, 2/42, अंसारी रोड, दरियागंज, नई दिल्ली–110002
सर्वाधिकार : सुरक्षित / संस्करण : प्रथम, 2023 / मूल्य : दो सौ रुपए
मुद्रक : आर–टेक ऑफसेट प्रिंटर्स, दिल्ली ISBN 978-81-960946-5-2

KHANAK (KA ISHQ) *by* Smt. Sweta Parmar 'Nikki' ₹ 200.00
Published by **GYAN GANGA**
2/42, Ansari Road, Daryaganj, New Delhi-110002

मेरे हमसफर, मेरे जीवनसाथी के लिए
जिन्होंने किसी भी परिस्थिति में
मेरा साथ और हाथ नहीं छोड़ा।

मेरी चाँद (**योशिमा**) के लिए
जिनकी इच्छा थी कि मैं एक ऐसी कहानी लिखूँ,
जो यथार्थ से संबंधित हो और सकारात्मक परिणाम लिये हो।

उस पर यकीन है कितना हमें, वो जानता है पर,
जब थामना था हाथ, तभी डोर खींच ली।

अभिव्यंजना

मैं 'स्वेता' उन सभी के प्रति आभार प्रकट करना चाहती हूँ, जिन्होंने हर पग पर मेरा साथ दिया। इस पुस्तक के माध्यम से पाठक मुझे मेरे विचारों के जरिए जान पाएँगे। मैं शुक्रगुजार हूँ उन सभी व्यक्ति विशेष की, जिन्होंने मेरा मार्गदर्शन किया और इस पुस्तक के संदर्भ में मुझे योगदान दिया। चाहे वह लेखन में विचार डालने का हो या टिप्पणी देने का।

सर्वप्रथम मैं अपने हमसफर को धन्यवाद देना चाहती हूँ, जिन्होंने अद्‌भुत साथी होने की कला को आत्मिक तौर पर स्वरूपता दी है।

उनके होने से मुझे इस जिंदगी को जीवंतता के आधार पर लाने का अहसास हुआ। उन्होंने मुझे यह बताया कि मैं''मैं हूँ। मेरे अस्तित्व का पूर्ण स्वरूप मेरे खुद के सही और ठोस होने से है। दबंग नहीं, किंतु सत्यता और सकारात्मकता के साथ कुछ भी हासिल किया जा सकता है। मुझमें यह अहसास जाग्रत् करवाया कि अगर चाहो तो नामुमकिन कुछ भी नहीं है।

'संजय' मेरे सबसे बड़े आलोचक हैं, लेकिन बहुत बाद में मैंने यह जाना कि वे जानते थे मेरी काबिलीयत और यह सनक कि अगर मुझे

किसी काम में आँका जाए या मुझे किसी बात पर चुनौती दी जाए तो मैं जी-जान से खुद को साबित करने में जुट जाती हूँ।

मुझे चुनौती देते गए और मैं आगे बढ़ती गई।

मैं धन्यवाद करना चाहूँगी मेरी परी 'योशिमा' का, जिसने भावनात्मक रूप से मेरा साथ दिया और मेरी क्षमता को प्रोत्साहित किया।

मैं सहृदय आभार प्रकट करना चाहती हूँ अपने भाई 'विक्रांत राघव' का, जिसने हमेशा मेरी काबिलीयत पर यकीन रखा और मेरे सहचर, मेरे मित्रों का, जो हमेशा धैर्यपूर्वक मुझे सुनते हैं और सुधार में मदद करते हैं। मेरे दृष्टिकोण और नजरिए को समझने के लिए मेरे समस्त परिवार को धन्यवाद देना चाहती हूँ।

सहृदय धन्यवाद, मेरे पाठकों की सुंदर दुनिया को, जिन्होंने मुझे नया रूप दिया।

खासतौर पर मैं आभार व्यक्त करना चाहती हूँ मेरे गुरु एवं मार्गदर्शक 'पद्मश्री अशोक चक्रधरजी' का, जिन्होंने धैर्यपूर्वक मुझे सुना और मेरी लेखनी बेहतर बनाने में मदद की।

मेरे सभी माननीय लोगों का धन्यवाद, जिनसे आध्यात्मिक मार्गदर्शन, प्रेम और ज्ञान प्राप्त कर मैं उन्हें सौहार्दपूर्ण नमन करती हूँ। अपने परिवार के और उन सभी करीबी लोगों के लिए नमन, जोकि अब मेरे साथ नहीं हैं, परंतु मेरी जिंदगी की सच्चाइयों की खोज करने में उन्होंने मेरी मदद की है और जो मेरे मन में अपनी छाप छोड़ गए हैं, जिसके माध्यम से मैं, आप सभी के साथ, सही समय पर वास्तविकता की खोज कर पा रही हूँ।

अपनी अंदरूनी आँखों से देखने के लिए और आत्मापूर्ण शब्द कानों से सुनने के लिए मेरे जीवन में बदलते पल क्षीणनीय हो रहे थे,

उन्हें सँभालने के लिए सबका बहुत-बहुत धन्यवाद।

आज मैं जिस भी मुकाम पर हूँ, वहाँ पर पहुँचने में मेरे माँ-पापा, परिवार और बेटी के अलावा मेरे हमराही का भी दिल से साथ है।

सादर…

—स्वेता परमार 'निक्की'

अभिसार

कई बार जिंदगी में कुछ ऐसे लोग भी आपस में टकराते हैं, जिन्हें दुनिया में सबकुछ आसानी से हासिल होता है, किंतु प्यार और भरोसा नहीं। कहने को तो कुछ लोग राजसी ठाट के साथ जीते-रहते हैं और भरा-पूरा परिवार भी होता है, किंतु फिर भी होते हैं एकदम अकेले, क्योंकि स्थिरता नहीं होती उनमें। कारण, या तो वे स्वार्थी बन बहुत ज्यादा की उम्मीद कर बैठते हैं या उनका अहं प्रमुख कारण होता है कि सब उनसे छूटता जाता है। उस वक्त जरूरत पड़ती है खुद को सँभालने की और यह समझने की कि क्या जरूरी है खुद को स्थापित करने के लिए।

ऐसा कभी नहीं होता है कि अगर हम सकारात्मक सोच लेकर चलें तो काम पूरे न हों। अगर जिद पक्की हो तो नामुमकिन कुछ भी नहीं।

ऐसे ही दो लोगों की जिंदगी की कहानी है यह, जिन्होंने यह सोचा कि उनकी किस्मत में भगवान् ने इन दो चीजों के अलावा—जोकि जीने के लिए सबसे जरूरी है—सबकुछ लिखा था। और उनसे कुछ भी सँभाला नहीं गया। उन्होंने अपनी नासमझियों की वजह से अपनी ही जिंदगी की कद्र नहीं की और फिर एक समय ऐसा आया कि एक फैसले ने सबकुछ बदल दिया।

ऐसा होता है कि कभी-कभी हम सोच नहीं पाते और एक भ्रम में जीना शुरू कर देते हैं, इसलिए सही रहता है, जब सच सामने आता है और हम ख्वाबों से बाहर निकलकर धरातल पर आते हैं। वास्तविक दुनिया में और स्वप्निल संसार में इतना अंतर होता है, जितना धरा और अंबर में, पर्वत और समंदर में। ऐसा नहीं है कि महत्त्वाकांक्षाएँ गलत होती हैं, किंतु हर बात···चाहे ख्वाब हो या हकीकत··· उनमें सामंजस्य बैठकर यथार्थवत् जीवन में आगे बढ़ना होता है। अति हर चीज की बुरी होती है, यह बात तो बालपन से ही सिखाई जा रही है हमें। शायद इसलिए क्योंकि कभी-कभी मन महत्त्वाकांक्षाओं से भी आगे भागने लगता है और फिर सबकुछ गर्त में गिरता जाता है। हमारा वजूद, हमारी हस्ती, हमारा मान···सबकुछ।

प्यार एक बेहद खूबसूरत अनुभूति है और इसका अहसास आपके रोम-रोम में रोमांच भर देता है, जीने के प्रति और सजग कर देता है। हर पल एक खुमारी-सी छाई रहती है। उस वक्त सही-गलत कुछ समझ नहीं आता। बस एक ही व्यक्ति के आसपास जैसे सारी दुनिया सिमट आई हो। और कभी-कभी वह प्यार जुनून बन जाता है कि व्यक्ति फिर बस उसी में खुद को ढूँढ़ता है, फिर जैसे सारी कायनात उसे उसके साथी से मिलाने में लग जाती है, लेकिन कभी-कभी वही प्यार नफरत में बदल जाता है, जब उसे अपने ही साथी से अविश्वसनीय विश्वासघात मिलता है।

इस कहानी में नीलेश और ख़नक की जिंदगी में कैसे बदलाव आए और कैसे उन दोनों ने उन परिस्थितियों का सामना किया, इन सबका एक कहानी के रूप में वर्णन किया गया है। यह आजकल के सामाजिक प्रारूप पर निर्धारित एक कहानी है, ऐसा कह सकते हैं, बस पात्र बदल

जाते हैं। हालाँकि इसमें यथार्थ से किसी (निजी या विशेष) व्यक्ति विशेष का कोई संबंध नहीं है।

कई बार ऐसा होता है कि न चाहते हुए भी हमें ऐसे निर्णय लेने पड़ते हैं, जिनके बारे में हम कभी सोच भी नहीं पाते, किंतु शायद वही हमारे लिए सबसे बेहतर होते हैं। हालाँकि जिंदगी कभी-कभी ऐसा मोड़ ले लेती है, जो हम कभी अपने विचारों या मजाक में भी नहीं सोच पाते। हमारे लिए भी कभी-कभी कुछ घटनाएँ अप्रत्याशित होती हैं।

ऐसे ही अचानक क्या हुआ ख़नक और नीलेश की जिंदगी में… आइए, इन सब से आपको रूबरू कराते हैं।

तो मुखातिब होइए ख़नक और नीलेश (की जिंदगी) से।

ख़नक

(का इश्क)

1

"हैलो!"

"हैलो!"

"जी कौन?"

"मैं नीलेश!"

"ईश, उम्म्म मतलब नीलेश!"

"हाँ! मैं ईश। पहचान तो लिया या फिर से मुखातिब कराऊँ खुद को?"

"हाहाहाहा। अच्छा!"

"तुम ख़नक ही हो ना।"

"जी, बिल्कुल सही पहचाना आपने, नीलेशजी! मैं ख़नक ही हूँ।"

"नीलेशजी···अच्छा, हम्म, कैसी हो तुम? कहाँ हो?"

"यहीं हूँ। इसी जहाँ में और बिल्कुल सही हूँ।"

"कहाँ गायब हो गई थी तुम, यार?"

"क्यों? क्या हुआ, कोई काम था क्या?"

"कैसी बातें करने लगी हो, तुम?"

"कैसी बात कर रही हूँ! जो सच है, वो पूछ रही हूँ।"

"इतनी बेरुखी से क्यों बात कर रही हो?"

"मैं ऐसी ही हूँ।"

"नहीं, ऐसी नहीं हो।"

"अच्छा, बहुत अच्छे से जानते हो मुझे।"

"हाँ, जानता हूँ।"

बहुत तेज हँसी ख़नक, उसकी हँसी में एक टीस थी, जैसे कोई मजाक किया गया हो। नीलेश बस उसकी हँसी को ध्यान से सुन रहा था। उसे समझ नहीं आ रहा था कि यह कौन सा रूप है ख़नक का!

बहुत तेज हँसी ख़नक, उसकी हँसी में एक टीस थी, जैसे कोई मजाक किया गया हो। नीलेश बस उसकी हँसी को ध्यान से सुन रहा था। उसे समझ नहीं आ रहा था कि यह कौन सा रूप है ख़नक का! जहाँ तक उसे याद था, ख़नक तो अपने नाम के ही मुताबिक बहुत हँसमुख और जिंदादिल लड़की थी। उदासी का तो नामोनिशान नहीं होता था उसकी जिंदगी में। हँसती, खिलखिलाती, हर वक्त चहकती रहती थी। गुस्सा तो कभी आता ही नहीं था उसे। हमेशा बस समझाती रहती थी दूसरों को। इतना बोलती थी कि कभी-कभी कहना पड़ता था चुप रहने को।

हर क्षेत्र में पारंगत होने का शौक था उसे। पर आज जो ख़नक दिखी, वह कोई और ही लगी। बिल्कुल बदली हुई, बहुत ज्यादा गंभीर

और अजीब सी। ऐसा क्या हो गया, जो वो इतना बदल गई। पता करना चाहिए। आखिर उसकी सबसे अच्छी दोस्त थी वो या कि शायद हमसफर···।

पता नहीं, ऐसा क्या हुआ इन पाँच सालों में? इन सब सवालों के जवाब ढूँढ़ने होंगे।

"तृष्णा, जरा मेरा फोन लाकर देना।" नीलेश ने तेज आवाज में पुकारते हुए कहा तो उसकी पत्नी दौड़ती हुई आई और फोन पकड़ाया। साथ में ही रखा था पलंग के दूसरे किनारे पर, लेकिन नीलेश की आदत थी ऐसी।

"तृष्णा, जरा मेरा फोन लाकर देना।" नीलेश ने तेज आवाज में पुकारते हुए कहा तो उसकी पत्नी दौड़ती हुई आई और फोन पकड़ाया। साथ में ही रखा था पलंग के दूसरे किनारे पर, लेकिन नीलेश की आदत थी ऐसी।

"चाय लीजिए।" तृष्णा ने कहा।

"हम्म!"

"क्या बात है, परेशान हो बहुत? क्या हुआ?"

"आज ख़नक मिली थी।" नीलेश परेशान-सा, बिना उसकी तरफ देखे ही बोला।

"यह तो बहुत अच्छी बात है, आखिर आपकी तलाश पूरी हुई।"

"हम्म!"

"फिर इतने उदास क्यों हो?"

"समझ नहीं आ रहा, आखिर ख़नक को हो क्या गया है? वो तो ऐसी न थी।"

"क्यों, ऐसा क्या हो गया?"

"वही तो समझने की कोशिश कर रहा हूँ।"

"अच्छा, चाय तो पी लीजिए। ठंडी हो रही है।"

"यार, यहाँ जिंदगी पर बन आई है और तुम्हें चाय की पड़ी है। तुम पी लो।"

"पर, अरे सुनो तो।"

नीलेश कभी भी उससे ऐसे लहजे में बात नहीं करता था, इसलिए उसे थोड़ा अजीब लगा, पर सोचा कि परेशान हैं, और यह सोचकर उसने अपना मूड खराब नहीं किया! बच्चे को पढ़ाने में लग गई वह, आखिर परीक्षाएँ शुरू हो रही थीं!

मगर नीलेश ने तृष्णा की एक न सुनी और चल दिया। तृष्णा ने प्याला लिया और रसोई में रख बच्चों के कमरे में चली गई। उसके बेटे की परीक्षाएँ शुरू होनेवाली थीं।

नीलेश कभी भी उससे ऐसे लहजे में बात नहीं करता था, इसलिए उसे थोड़ा अजीब लगा, पर सोचा कि परेशान हैं, और यह सोचकर उसने अपना मूड खराब नहीं किया! बच्चे को पढ़ाने में लग गई वह, आखिर परीक्षाएँ शुरू हो रही थीं!

नीलेश बहुत परेशान था, कुछ समझ नहीं आ रहा था उसे, अब क्या करे, कैसे पूछे ख़नक से! अजीब पसोपेश में था, किंतु कुछ तो उपाय होगा, कैसे विकल्प निकाले वो! यही सब सोचते हुए नीलेश ख़नक के घर पहुँचा और उसे देखते ही ख़नक बोली, "आप यहाँ तक आ गए? आपको समझ में नहीं आता क्या?"

"नहीं आता! बेवकूफ हूँ!" पलटकर नीलेश ने भी जवाब दिया।

"चाहते क्या हो, क्यों परेशान हो इतना!"

"तुम्हें पता नहीं क्यों हूँ?"

"मेरे बारे में सोचकर चिंता करने का हक खो चुके हो आप!"

"अच्छा! कैसे खो चुका हूँ??????"

थोड़ा ठहरा, फिर लंबी साँस लेकर बोला, "खैर, ये सब छोड़ो और मुझे बताओ कि आखिर बात क्या है, क्या कारण है इस उदासी का!"

"नीलेशजी, प्लीज!"

"नो···प्लीज और ये क्या नीलेशजी, नीलेशजी लगा रखा है!"

थोड़ा ठहरा, फिर लंबी साँस लेकर बोला, "खैर, ये सब छोड़ो और मुझे बताओ कि आखिर बात क्या है, क्या कारण है इस उदासी का!"

"नीलेशजी, प्लीज!"

"नो···प्लीज और ये क्या नीलेशजी, नीलेशजी लगा रखा है!"

फिर वह वहीं बैठ गया, ख़नक के सामने! उसकी गतिविधियों को देखता रहा!

"क्यों, आखिर आप क्यों कर रहे हो ऐसा!"

"तुम्हें पता है!"

"हम्म! क्या जानना चाहते हो? पूछो!"

"तुम्हारी बेरुखी का सबब···बस!"

"क्या करोगे जानकर?"

"बस अपनी उस ख़नक से मुलाकात चाहता हूँ, जो हर वक्त

बेबाक हँसती–मुसकराती रहती थी, बिना किसी कारण के! कभी न गुस्सा होती थी, न नाराज, न कभी रूखा व्यवहार होता था किसी से भी, न कभी झगड़ती थी किसी से, बहुत प्यार से बात करती थी सभी से! मुझे वही चाहिए!"

"वह अब नहीं है! काफी साल पहले ही उसका वह स्वरूप खत्म हो चुका है!"

और फिर से तेज हँस पड़ी ख़नक, पर उसकी आँखों का दर्द और हँसी के पीछे की उदासी नीलेश से छुपी न रह पाई!

"किस बात का इतना दर्द ओढ़े बैठी हो, बताओगी नहीं! कभी तुम्हारा सबसे पक्का दोस्त हुआ करता था मैं, आज क्या इतना भी हक नहीं!"

"ऐसे कैसे हो गया, बेकार की बकवास कर रही हो! मैं क्या जानता नहीं तुम्हें!"

"हहहहहह! सच···आप जानते हो मुझे? आर यू श्योर?"

और फिर से तेज हँस पड़ी ख़नक, पर उसकी आँखों का दर्द और हँसी के पीछे की उदासी नीलेश से छुपी न रह पाई!

"किस बात का इतना दर्द ओढ़े बैठी हो, बताओगी नहीं! कभी तुम्हारा सबसे पक्का दोस्त हुआ करता था मैं, आज क्या इतना भी हक नहीं!"

"हक···हहहहह···हम्म···अच्छा···हक! अच्छा लग रहा है यह शब्द, पर मैंने किसी को भी अब यह अधिकार नहीं दे रखा, आपके बीवी–बच्चे हैं, उन पर हक रखिए और जताइए,···नमस्कार नीलेशजी, मैं चलती हूँ।"

"ऐसे नहीं जा सकती तुम, समझती क्या हो खुद को, जो कह दोगी, वह सबको करना होगा, यह जरूरी है क्या, सब क्या गुलाम हैं तुम्हारे, बहुत बोल लिया तुमने, अब बस करो और मेरी सुनो!"

"चिल्लाइए मत नीलेशजी, मुझसे ऊँची आवाज में बात करने का कोई अधिकार नहीं आपको। ढंग से बात कर सकते हैं तो कीजिए, वरना नमस्ते।"

बहुत विचलित हो गया था नीलेश ख़नक की ऐसी बात सुनकर। खुद से पूछने लगा, 'क्या यह वही ख़नक है?'

"चिल्लाइए मत नीलेशजी, मुझसे ऊँची आवाज में बात करने का कोई अधिकार नहीं आपको। ढंग से बात कर सकते हैं तो कीजिए, वरना नमस्ते।" बहुत विचलित हो गया था नीलेश ख़नक की ऐसी बात सुनकर। खुद से पूछने लगा, 'क्या यह वही ख़नक है?'

थोड़ा शांत हुआ नीलेश, हालाँकि बेहद गुस्से में था, फिर भी उसने खुद को सँभाल लिया। वो समझने में पूरी तरह से नाकाम था कि ख़नक क्यों उससे इतनी बेरुखी और बदतमीजी से बात कर रही है। थोड़ा जब सँभला तो फिर बोला, "माफी माँगना चाहता हूँ अपनी ऊँची आवाज को लेकर, पर इसका मतलब यह नहीं है कि मैं तुमसे कुछ पूछूँगा नहीं। मेरा सवाल अभी भी वही है···क्या हुआ है तुम्हें?"

"कहा तो मैंने। क्या एक बार में आपको समझ नहीं आता? कुछ नहीं हुआ है मुझे और अगर हुआ भी है तो आप हैं कौन, जिसे मैं बताऊँ?"

"ईश...ईश हूँ मैं, वही ईश, जिसे तुम सब बताया करती थीं। चाहे कुछ भी कह लो तुम, मैं पूछूँगा और तुम्हें जवाब देना होगा ख़नक!"

"जाइए यहाँ से अभी आप ईश, मुझे कुछ नहीं कहना, कुछ नहीं, कुछ भी नहीं और कभी मत आना लौटकर। जाइए, प्लीज आप जाइए, मैं अकेली ठीक हूँ, बहुत खुश हूँ। आप जाइए।"

यह कहकर फूट-फूटकर रो पड़ी ख़नक तो नीलेश ने आगे बढ़कर उसके चेहरे को एक हथेली से ऊपर उठाया और दूसरी हथेली से उसके आँसू पोंछने लगा। न जाने अचानक क्या हुआ कि ख़नक उसके सीने से लिपट गई और फिर और ज्यादा तेज रोने लगी। नीलेश बस उसका माथा सहलाता रहा, तब तक, जब तक वह शांत नहीं हो गई।

यह कहकर फूट-फूटकर रो पड़ी ख़नक तो नीलेश ने आगे बढ़कर उसके चेहरे को एक हथेली से ऊपर उठाया और दूसरी हथेली से उसके आँसू पोंछने लगा। न जाने अचानक क्या हुआ कि ख़नक उसके सीने से लिपट गई और फिर और ज्यादा तेज रोने लगी।

इस बार फिर नीलेश ने कोशिश नहीं की, बल्कि सोचा कि बाद में या फिर कभी पूछ लेगा। उसने प्यार से ख़नक को बैठाया और उसके लिए पानी लाया। फिर अपने हाथों से उसे पिलाने लगा। ख़नक ने भी अपने दोनों हाथों से पानी के गिलास को पकड़ लिया और जब अपने होंठों से हटाया तो वह थोड़ी शांत थी। दोनों हथेलियों से उसने अपनी आँखों को दबाया और फिर मुँह ढाँप लिया, पर तुरंत हटा भी लीं अपनी हथेलियाँ, फिर एक लंबी साँस ली। फिर नीलेश की तरफ पलटी

और बोली, "चाय पियोगे?"

"हाँ, पी लूँगा।"

"अदरकवाली, बिना चीनी की···मुझे पता है।"

नीलेश के कुछ कहने से पहले ही ख़नक ने उसकी जिज्ञासा शांत कर दी। नीलेश को बहुत ताज्जुब हुआ कि कैसे ख़नक को अब तक उसकी पसंद-नापसंद पता है, जबकि उसे शायद ही कुछ ख़नक के बारे में पता हो।

नीलेश के कुछ कहने से पहले ही ख़नक ने उसकी जिज्ञासा शांत कर दी। नीलेश को बहुत ताज्जुब हुआ कि कैसे ख़नक को अब तक उसकी पसंद-नापसंद पता है, जबकि उसे शायद ही कुछ ख़नक के बारे में पता हो।

"चाय लीजिए।"

नीलेश ने उसके हाथ से चाय का प्याला ले लिया और मुसकराकर कहा, "शुक्रिया!"

"शुक्रिया कैसा, मुझे भी पीनी ही थी।"

"अच्छा! मतलब तुम्हें अपने लिए बनानी थी, इसलिए मेरे लिए भी बना दी। हम्म, फिर तो दोगुना शुक्रिया।"

कुछ नहीं बोली इस बार ख़नक और चुपचाप चाय का घूँट पी लिया। फिर नीलेश की तरफ प्रश्न भरी नजरों से देखने लगी···

"यह बात तो तय है कि तुम मुझसे नाराज हो, पर इतनी ज्यादा खफा क्यों हो, यह नहीं समझ आ रहा···

यह सुनकर ख़नक झटके से उठी तो नीलेश ने उसका हाथ कसकर

थाम लिया और बोलना जारी रखा, "···ख़नक ! अब बस्स्स, नहीं पूछूँगा, अगर तुम नहीं बताना चाहोगी, पर ऐसे हाल में भी तुम्हें नहीं देख पा रहा हूँ। खुश रहो, वही काफी है मेरे लिए, मैं बाद में आता हूँ···मना मत करना, प्लीज।"

कहकर नीलेश ने ख़नक के माथे से उस पर झूलती लटों को हटाया और धीमे से एक चुंबन दे दिया···फिर वहाँ से चला गया।

शब्द आते हैं लबों पर, मगर डर लगता है कुछ यूँ···
···कि रूह काँप उठी है उनके तेवर देखकर!

□

2

कई बार ऐसा होता है कि हम चाहते हैं कुछ और कहना, करना और हो जाता है कुछ और ही। ख़नक की जिंदगी में भी कुछ ऐसा ही हुआ। आज फिर उसे अपना बीता वक्त याद आ गया और वह अपनी यादों के भँवर में गोता लगाते हुए आठ साल पहले के जमाने में चली गई, जब वह अपनी नौकरी के सिलसिले में बाहर गई थी और वहाँ अचानक उसकी मुलाकात उसके स्कूल और समकालीन बैच के कुछ बच्चों से हुई, जो अब नौजवान थे—

चैपल ब्रिज का नजारा बेहद खूबसूरत था। प्राग शहर की लगभग सारी खूबसूरती समेटे हुए। शाम बेहद खूबसूरत लग रही थी, अकेले घूमते हुए भी अकेलापन बिल्कुल भी नहीं लग रहा था ख़नक को। शाम के लगभग आठ बज रहे थे, अभी सूरज डूबा नहीं था, उसने सोचा कि कुछ फोटोज अपने कैमरे में कैद कर ले···यादें!!

“ओह्ह्ह्ह्ह्ह्ह! कौन है?”

ख़नक तेजी से पलटी, जब उसके काँधे पर किसी ने हाथ रखा।

“तुम लोग···उम्म्मम्म, एक मिनट, एक मिनट, लेम्मे गेस।”

वे काफी लोग थे, बाकी आगे बढ़ गए और आठ शांति से खड़े हो गए...

"ठीक है, कोशिश करो।" उनमें से एक लड़की ने कहा।

"हम सब स्कूल में साथ थे न?" फुदकते हुए ख़नक बोली। उसकी खुशी समेटी नहीं जा रही थी मानो उससे। फिर सबकी तरफ इशारा करते हुए बोली, "तुम नीलाक्षी, तुम दीक्षांत, तुम प्रीतेश, तुम दीपांकर, तुम प्रांजलि, तुम काव्या, तुम प्रियांश... और आप नीलेश।"

तीनों लड़कियाँ एकदम से आकर उससे लिपट पड़ीं...

"अरे वाह! आज भी तुझे सब याद है, तू भूली नहीं?"

"कैसे भूल सकती हूँ मैं अपने 'सहचर' को?"

उसकी इस बात पर सब खिलखिलाकर हँस पड़े। किंतु नीलेश थोड़ा चुप था, शायद उसे कुछ समझ नहीं आ रहा था। तभी ख़नक ने आगे बढ़कर कहा, "आप तो आज भी वैसे ही हैं, जैसे स्कूल में हुआ करते थे। ऐसा लग रहा है, जैसे बस उम्र बढ़ी है।"

"लेकिन मैंने आपको नहीं पहचाना, क्या हम एक ही क्लास में पढ़ते थे?"

"हम सब स्कूल में साथ थे न?" फुदकते हुए ख़नक बोली। उसकी खुशी समेटी नहीं जा रही थी मानो उससे। फिर सबकी तरफ इशारा करते हुए बोली, "तुम नीलाक्षी, तुम दीक्षांत, तुम प्रीतेश, तुम दीपांकर, तुम प्रांजलि, तुम काव्या, तुम प्रियांश...और आप नीलेश।"

ऐसा लगा, मानो किसी ने बुरी तरह से धक्का दिया हो ख़नक को। जिस इनसान को उसने अपनी जिंदगी से बढ़कर माना हर पल, वह व्यक्ति उसका नाम तक नहीं जानता। किसी तरह ख़नक ने खुद को सँभाला और बोली, "क्या फर्क पड़ता है, अगर नहीं पहचानते तो अब जान लीजिएगा।" ख़नक ने वैसे ही अपनी ख़नकती हँसी में कहा।

"और तुम सब बताओ? क्या हालचाल···कितना अच्छा लग रहा है ना। मैं तो सोच भी नहीं सकती थी कि ऐसे हम सब फिर से मिलेंगे।" ख़नक की खुशी छिपाए नहीं छिप रही थी।

"हाँ, चलो पास में एक कैफे है, वहाँ चलकर बैठकर इत्मीनान से बात करते हैं।" नीलाक्षी ने कहा।

"हाँ-हाँ, चलते हैं।"

सब सहमत हो गए और चल पड़े, बतियाते, मस्ती करते, उछलते-कूदते, किस्से सुनाते। किंतु नीलेश थोड़ा असहज था। वह समझ नहीं पा रहा था और न ही उसे कुछ याद आ रहा था। उसके लिए ख़नक बस एक बहुत कामयाब औरत थी, जो काफी जिंदादिल और खुशमिजाज थी। नीलेश को उसका व्यक्तित्व अच्छा लगा। फिर 'कैफे ल क्रेमे' पर आकर सब लोग बैठ गए। वहाँ सबने 'मचियातो' और 'क्रीम ब्रुल्ले' मँगवाया। फिर हुआ दौर शुरू अपने-अपने बारे में बताने का···

सब सहमत हो गए और चल पड़े, बतियाते, मस्ती करते, उछलते-कूदते, किस्से सुनाते। किंतु नीलेश थोड़ा असहज था। वह समझ नहीं पा रहा था और न ही उसे कुछ याद आ रहा था। उसके लिए ख़नक बस एक बहुत कामयाब औरत थी, जो काफी जिंदादिल और खुशमिजाज थी।

नीलाक्षी एक कोरियोग्राफर थी और उसका खुद का एक डांस हाउस था।

दीक्षांत एक बिजनेसमैन था, जो फर्नीचर और गृहसज्जा से संबंधित काम करता था।

प्रीतेश के कई फार्म हाउस थे, जिनसे उसकी जिंदगी मजे में कट रही थी।

काव्या एक मल्टीनेशनल कंपनी में काम करती थी।

दीपांकर चार्टर्ड अकाउंटेंट था।

प्रांजलि कॉलेज में पढ़ाती थी।

और...

नीलेश का अपना कोचिंग इंस्टीट्यूट था।

जब नीलेश का परिचय हुआ तो ख़नक ने सोचा, 'होना ही था, सबसे बुद्धिशाली और कुशाग्र हुआ करते थे ईश।'

(इसी नाम से आज तक वह उसे पुकारती आई है, खुद में)

इतने में ही दीपांकर ने कहा, "यार, तुम तो बिल्कुल ही पहचान में नहीं आ रही थी, वो तो नीलाक्षी ने पहचाना। कमाल का परिवर्तन हुआ है, कसम से।"

दीपांकर चार्टर्ड अकाउंटेंट था।

प्रांजलि कॉलेज में पढ़ाती थी।

और...

नीलेश का अपना कोचिंग इंस्टीट्यूट था।

जब नीलेश का परिचय हुआ तो ख़नक ने सोचा, 'होना ही था, सबसे बुद्धिशाली और कुशाग्र हुआ करते थे ईश।'

"अच्छे में या बुरे में?" ख़नक ने ड्रामा करते हुए एक आँख ऊपर करके पूछा।

"अरे अच्छे-ही-अच्छे में, सच में सोचा नहीं था कि तुम ऐसे मिल जाओगी। जिंदगी सच में कभी-कभी चौंका देती है और यह इत्तेफाक बेहद खूबसूरत है।" दीपांकर ने और जोड़ा।

"बस ओए, छोड़ ना, कुछ बाद के लिए भी छोड़ दे।" काव्या ने नकली डाँट लगाई।

और सब खिलखिलाने लगे। और फिर पसंद-नापसंद और भी काफी कुछ बातें चल निकलीं और साथ में यह भी पता लगा कि नीलेश को उससे संबंधित कुछ याद तो नहीं था और ऊपर से वे उसे बिल्कुल भी नहीं पहचानते थे।

और सब खिलखिलाने लगे। और फिर पसंद-नापसंद और भी काफी कुछ बातें चल निकलीं और साथ में यह भी पता लगा कि नीलेश को उससे संबंधित कुछ याद तो नहीं था और ऊपर से वे उसे बिल्कुल भी नहीं पहचानते थे।

कुछ टूटा था ख़नक के अंदर, दर्द हुआ था दिल में, पर फिर सँभाल लिया उसने खुद को।

"तूने शादी क्यों नहीं की अभी तक?" दीक्षांत ने पूछा।

"जिसे चाहा, वो नसीब में नहीं था और बाकी किसी को चाह नहीं पाई, बस सिर्फ इसलिए नहीं की।"

"कौन था वो? क्या हम जानते हैं उसे? बता न?"

प्रांजलि जोर देने लगी तो ख़नक ने जवाब दिया, "छोड़ो न ये सब

बेकार की बातें अब, बहुत खुश है वो…अब चलें? मेरा अपार्टमेंट पास ही है।"

"ठीक है, छिपा ले, पर मैं भी पूछकर ही मानूँगी, तू जानती है मुझे।"

फिर सब ख़नक के अपार्टमेंट की तरफ चल दिए। हँसते-खिलखिलाते, कूदते-फाँदते, बिल्कुल ऐसे मानो बचपन में लौट आए हो।

बस उनकी ही थी, हूँ और रहूँगी उम्र भर…
एक साँस अटकी है कि अब तो कर ले वो यकीन!

□

3

घर पहुँचकर सबने मिलकर रात का खाना बनाया, ऐसा लग रहा था कि वाकई किसी स्कूल या कॉलेज के बच्चे बन गए थे सब। वैसी ही धमा–चौकड़ी, वही बचपन मानो लौट आया था, जबकि सभी के अब खुद के भी बच्चे हो चुके थे। खाना खाने के बाद सब कॉफी पीने का सोचने लगे तो ख़नक ने कहा कि वो बनाएगी और सब बोले…

"बेशक।"

ख़नक ने एक कप में कॉफी पाउडर लिया और थोड़ी चीनी डाली और फिर मुसकराते हुए तेजी से चम्मच घुमाने लगी। तभी वहाँ नीलेश आ गया।

"आप यहाँ? कुछ चाहिए?" ख़नक ने पूछा।

"हाँ, एक गिलास निवाया पानी।" नीलेश ने जवाब दिया।

"जी, अभी देती हूँ।"

"नहीं, रुको, मैं खुद कर लूँगा, आप कॉफी बनाओ।"

कहकर नीलेश गिलास लेने के लिए आगे बढ़ा। फिर थोड़ा रुका

और बिना पलटे ही पूछा, "आप मुझे कैसे जानती हो? क्या हम एक ही स्कूल में थे?"

"जी, एक ही क्लास में भी थे। अब शायद काफी बदलाव आ गया है, इसलिए नहीं पहचान पा रहे हैं आप। मैं आपको अपने स्कूल के वक्त की फोटो दिखाती हूँ।"

कहकर उसने अपना फोन खोलकर अपनी दसवीं की फोटो दिखाई।

"सॉरी। बिल्कुल याद नहीं आ रहा।"

ख़नक मुसकराकर बोली, "कमाल हैं आप। क्लास में रैंक भी आसपास रहती थी, फिर भी···। कोई बात नहीं, अब जान लीजिएगा।"

कहकर उसने अपना फोन खोलकर अपनी दसवीं की फोटो दिखाई।

"सॉरी। बिल्कुल याद नहीं आ रहा।"

ख़नक मुसकराकर बोली, "कमाल हैं आप। क्लास में रैंक भी आसपास रहती थी, फिर भी···। कोई बात नहीं, अब जान लीजिएगा।"

"हाँ-हाँ, जरूर···अब तो बातचीत होती रहेगी। मुझे आपसे बात करना अच्छा लगा। जिस तरह से आप समझती हो और समझाती हो, उससे काफी प्रभावित हुआ हूँ। उम्मीद है, मित्रता कायम रहे।"

नीलेश ने जवाब दिया। फिर बोला, "आपने शादी नहीं की अभी तक, मतलब कॅरियर से काफी लगाव है···महत्त्वाकांक्षी हैं आप।"

"जी, आपने थोड़ा गलत समझा। ऐसा बिल्कुल भी नहीं है।" ख़नक ने जवाब दिया।

"तो क्या कोई पसंद कर रखा है और ऐसे ही जो साथ रहने की परंपरा चल पड़ी है, ऐसा कुछ है या करनी ही नहीं है ?" नीलेश ने हवा में तीर छोड़ा।

"जी, करनी ही नहीं है।"

"क्यों ? ऐसा क्यों ?"

"बस, यूँ ही।"

"नहीं, ऐसा तो नहीं है, क्योंकि आपने कहा था कि आपको कोई पसंद था, लेकिन उसकी शादी हो गई। क्या यही कारण है ?"

"जी बिल्कुल, लेकिन यह नहीं कहा था कि शादी हो गई।" ख़नक ने स्पष्ट किया।

"नहीं, ऐसा तो नहीं है, क्योंकि आपने कहा था कि आपको कोई पसंद था, लेकिन उसकी शादी हो गई। क्या यही कारण है ?"

"जी बिल्कुल, लेकिन यह नहीं कहा था कि शादी हो गई।" ख़नक ने स्पष्ट किया।

"अच्छा-अच्छा, पर फिर क्या कारण है, जो न आप उसके पास हो और न ही आगे बढ़ पाए।"

"क्यों ? अगर वो नहीं मिले तो आगे बढ़ना जरूरी है क्या ?" ख़नक की आवाज में थोड़ा सा रोष था।

"नहीं-नहीं, मेरा मतलब था, अगर उसने आपको छोड़ा तो आप भी तो आगे बढ़ सकते हो।" नीलेश ने बात सँभाली।

"हाहाहा, कभी मुझे पकड़ा ही कहाँ था, जो छोड़ेंगे।" ख़नक कहती हुई फ्रिज की तरफ चल दी थी।

नीलेश सोच में पड़ गया कि इतनी बिंदास, हँसमुख लड़की और

अकेली! ऐसा कैसे हो सकता था? शायद नीलेश को ख़नक अच्छी लगने लगी थी। कुछ कशिश तो थी उसमें।

"चलिए, कॉफी तैयार है, ईश!"

नीलेश की तंद्रा भंग करते हुए ख़नक ने कहा।

"ईश''हम्म्म्म, नाइस नेम।"

ख़नक एकदम से शरमा-सी गई, 'ईश' के ऐसे छेड़ने पर। उसके हाथ काँपने लगे तो नीलेश ने पास जाकर कहा, "अरे रे सँभल के, गिर जाएगी कॉफी।"

अचानक से नीलेश ने लगभग गिरनेवाली ट्रे को सँभाला और मेज पर रख दिया, फिर ख़नक के काँधे पर हाथ रखकर बोला, "आज मुझे वाकई आपका दिया यह नाम बहुत अच्छा लगा, इसी से पुकारा कीजिएगा आप हमेशा।"

अचानक से नीलेश ने लगभग गिरनेवाली ट्रे को सँभाला और मेज पर रख दिया, फिर ख़नक के काँधे पर हाथ रखकर बोला, "आज मुझे वाकई आपका दिया यह नाम बहुत अच्छा लगा, इसी से पुकारा कीजिएगा आप हमेशा।"

ख़नक नजर ऊपर नहीं कर पा रही थी, वह बोली, "जी, बाहर चलते हैं, सब इंतजार कर रहे होंगे।"

"हाँ, जरूर। डरिए मत मुझसे, मैं कुछ गलत नहीं करूँगा। बस जानना चाहता हूँ कि वह अनलकी व्यक्ति कौन है, जिसकी किस्मत में आप नहीं थीं। और वह खुशनसीब भी, जिसके लिए आपने अपनी सारी उम्र दाँव पर लगा दी है।"

"क्या करेंगे आप जानकार अब, कोई फायदा नहीं उन बातों का··।"

थोड़ी व्याकुल हो गई ख़नक।

"हाँ, मुझे समझना चाहिए, मैं ऐसे कैसे आपकी जिंदगी में दखल दे सकता हूँ, जबकि अभी कुछ घंटों से जाना है।"

"पर मैं तो कई दशकों से जानती हूँ, खैर चलिए, चलते हैं।"

नीलेश ने भवें ऊपर कीं, जैसे समझने की कोशिश कर रहा हो। फिर उसके साथ बाहर चल दिया।

"हाँ भाई, हो गई जान-पहचान?" दीपांकर बोला।

"हाँ, मुझे समझना चाहिए, मैं ऐसे कैसे आपकी जिंदगी में दखल दे सकता हूँ, जबकि अभी कुछ घंटों से जाना है।"

"पर मैं तो कई दशकों से जानती हूँ, खैर चलिए, चलते हैं।"

"हाँ भाई, कोशिश तो कर रहा हूँ।" नीलेश ने जवाब दिया।

"तो कितनी कामयाब हुई··हुह।"

आँख घुमाते हुए प्रांजलि ने पूछा तो ख़नक की आँखें हैरानी से विस्फारित हो गईं और नीलेश ने हँसते हुए कहा, "कोशिश जारी है।"

"हम्म्म हम्म्म, सही है भाई, ऑल द बेस्ट।" आँख मिचकाते हुए दीक्षांत बोला।

ख़नक को कुछ समझ नहीं आ रहा था या वह न समझने का नाटक कर रही थी··यह बात सिर्फ वह जान सकती थी। पर उसने फिर कुछ नहीं कहा और सबको कॉफी के मग पकड़ाए।

"कमाल है, यार! तू शेफ है क्या? खाना हो या डेजर्ट या ड्रिंक्स, सबमें कमाल है तू।"

काव्या ने इस बार अपना मत दिया, जो इतनी देर से लगभग चुप थी। इस बात में सबने उसका साथ दिया। काफी देर तक ऐसे ही बातें चलती रहीं।

अब सब जाने के लिए कहने लगे, लेकिन कल दोबारा मिलने का वादा लेकर।

नीलेश ने भी हँसते हुए धीमे से सिर्फ ख़नक से कहा, "आपसे अकेले में मिलना चाहता हूँ। क्या आप मिलोगी?"

ख़नक ने एक पल भी नहीं लिया सोचने के लिए और तुरंत कहा, "जब चाहे आ जाइए या जहाँ आना हो, बता दीजिएगा। मैं पहुँच जाऊँगी।"

मुसकराकर उन्होंने हाथ मिलाते हुए एक-दूजे से उस रात के लिए विदा ली, क्योंकि सुबह तो उन्हें मिलना ही था।

एक ख्वाब थे सँजोए कब से अपने जहाँ के''।
न जानते थे कि यूँ भी कभी होगी मुलाकात!!!!

□

4

दरवाजे पर लगी घंटी बजी। ख़नक की आँख खुली, सुबह के 7 बजे थे। उसे लगा कि दूधवाला आज जल्दी आ गया। वह ऐसे ही आँखें मलती दरवाजे पर पहुँची और दरवाजा खोलकर हाथ आगे बढ़ाया कि बोतल ले लो दूध की, पर कुछ नहीं आया उसके हाथ में, तब जाकर उसने आँख खोलकर देखना चाहा तो पूरी ही आँख खुली रह गई···सामने ईश खड़े थे। वह बस इतना ही बोल पाई, "आप, अभी, इस वक्त···यहाँ, मुझे लगा···आप अंदर आइए, मैं अभी आती हूँ।"

और अंदर भाग गई। नीलेश को भी हँसी आ गई। वह मुसकराते हुए अंदर दाखिल हुआ और सोफे पर बैठ गया, फिर कुछ सोचकर उठा और रसोई में चला गया।

"ईश, ···ईश, ···कहाँ हैं आप?"

"यहीं, हमारे लिए कॉफी बना रहा था।"

"अरे, आपने क्यों बनाई, मैं बस आ ही रही थी।"

"पी लो, थोड़ी-बहुत आती है बनानी हमें भी।"

कहकर नीलेश ने प्याला ख़नक को पकड़ाया। ख़नक नजरें नीची

किए बैठी थी। उसकी यह अदा भी नीलेश को बहुत भायी और उसके मुँह से निकला, “कयामत-सी लग रही हो आप, ये हया ओढ़े⋯हम सोच भी न पाए थे कि आपका ऐसा रूप भी देखने को मिलेगा। सचमुच कमाल हैं आप।”

फिर कुछ सोचते हुए बोला, “मुझे ताज्जुब हो रहा है कि मुझे आप याद कैसे नहीं ?”

पर इस बार कुछ नहीं कहा नीलेश ने और कॉफी के प्याले के साथ दोनों की बातें चल निकलीं। नीलेश को बड़ा ताज्जुब हुआ था उसके बारे में इतना जानकर और खासकर यह कि वह उससे इतना प्यार कर बैठी (बेशक एकतरफा) कि अपनी सारी जिंदगी कुरबान करने के बारे में सोच लिया।

ख़नक ने धीमे से कहा, “क्योंकि मैं शांत रहती थी, इसलिए बहुत कम लोगों को याद हूँ मैं। आप क्यों सोच रहे हैं इतना ?”

“क्योंकि इतने साल बरबाद हुए मेरे, मैं भटकता रहा, वरना शायद आज जिंदगी कुछ और होती।”

“शायद मेरी भी।”

पर इस बार कुछ नहीं कहा नीलेश ने और कॉफी के प्याले के साथ दोनों की बातें चल निकलीं। नीलेश को बड़ा ताज्जुब हुआ था उसके बारे में इतना जानकर और खासकर यह कि वह उससे इतना प्यार कर बैठी (बेशक एकतरफा) कि अपनी सारी जिंदगी कुरबान करने के बारे में सोच लिया। नीलेश ने उसका हाथ थाम लिया। सिहर गई ख़नक। नीलेश ने कहा—

“घबराओ मत, अब नहीं जा रहा मैं कहीं भी। पहले बता देती तो

शायद हमारे बच्चे भी होते।" कहकर ठहाका लगाकर हँसने लगा और ख़नक शरमाते हुए उठकर भागने लगी तो नीलेश ने उसको पकड़ लिया और बोला, "उस दिन तुमने कहा था, पकड़ा ही कब था तो लो पकड़ लिया।" कहते हुए उसके माथे को प्यार से चूम लिया। ख़नक फिर खुद को रोक नहीं पाई और नीलेश के सीने पर अपना माथा टिकाते हुए बोली, "शुक्रिया ईश, मेरी दुआ आज कुबूल हुई।" और फिर ख़नक ने अपनी आँखें बंद कर लीं और वैसे ही दोनों सोफे पर बैठ गए। काफी देर तक दोनों ऐसे ही बैठे रहे और बातें करते रहे कि अचानक...खिड़कियाँ खड़खड़ाने लगीं।

बाहर तेज तूफान आने लगा। इतनी तेज बारिश हो रही थी। बाहर देखकर ऐसा लग रहा था, जैसे कि पता नहीं क्या होनेवाला है, बहुत भयंकर, मूसलाधार बारिश हो रही थी। ऐसे में अभी निकलना सही नहीं था।

बाहर तेज तूफान आने लगा। इतनी तेज बारिश हो रही थी। बाहर देखकर ऐसा लग रहा था, जैसे कि पता नहीं क्या होनेवाला है, बहुत भयंकर, मूसलाधार बारिश हो रही थी। ऐसे में अभी निकलना सही नहीं था।

"मैं खाना बना लेती हूँ। बाद में बारिश थमते ही निकल चलेंगे।" ख़नक ने कहा।

"ठीक है, मैं ऑफिस में बोल देता हूँ कि मुझे देर हो जाएगी।" नीलेश ने भी कहा।

फिर खाना बनाने के लिए उसने नीलेश की राय ली तो उसने कहा, "जो भी तुम खाओ, वही बना लो, मुझे सब पसंद है।"

"अच्छा दाल, चावल, सब्जी, रोटी खाएँगे या कोई विदेशी व्यंजन ही बनाऊँ ?"

"अरे, जो भी बनाओ तुम, सब खा लूँगा···तुम्हें भी।" एक आँख मिचकाते हुए नीलेश ने कहा।

"उसके लिए तो इंतजार करना पढ़ेगा, ईश! हाँ, खाना बनती हूँ अच्छे से आपके लिए।" हँसकर ख़नक ने उसका भ्रम मिटाया।

"क्यों? डरती हो क्या?"

"कुछ काम शादी के बाद ही करूँगी, ऐसा सोचा था और बेशक आपसे ही करूँगी यह भी, तभी आज तक इंतजार किया है।"

"क्या बात है···अच्छा लगा सुनकर बहुत, वाकई यू आर ऑसम।"

"शुक्रिया, शुक्रिया।"

कहकर ख़नक रसोई में चली गई और नीलेश उसके अपार्टमेंट को तसल्ली से देखने लगा। थोड़ी देर में ख़नक ऑरेंज जूस लेकर आई और उसे थमाते हुए बोली, "बस कुछ महीने हूँ यहाँ, फिर काम पूरा होते ही आ जाऊँगी वापस।" फिर थोड़ा विराम लेकर बोली··· "आप इंतजार करोगे मेरा ?"

कहकर ख़नक रसोई में चली गई और नीलेश उसके अपार्टमेंट को तसल्ली से देखने लगा। थोड़ी देर में ख़नक ऑरेंज जूस लेकर आई और उसे थमाते हुए बोली, "बस कुछ महीने हूँ यहाँ, फिर काम पूरा होते ही आ जाऊँगी वापस।" फिर थोड़ा विराम लेकर बोली··· "आप इंतजार करोगे मेरा ?"

"तुम्हें शक है क्या ? जब तुम मेरे लिए खुद को सँभाले रख सकती

हो अब तक, तो मैं भी कर सकता हूँ, मैडम!" और तेज-तेज हँसने लगा नीलेश...

"सच में, बहुत प्यारी हो वैसे। अच्छा, यह बताओ कि तुम्हें पूरे जहाँ में से सिर्फ मुझमें ऐसा क्या खास दिखा कि तुम किसी और की नहीं हो पाई ?"

"पता नहीं, कभी सोचा नहीं। पर हाँ, जिद थी कि आपके लायक बनना है एक दिन।"

"हाहाहाहाहाहा।" बहुत तेज ठहाका लगाकर हँसा नीलेश।

"रहने दीजिए, मैं कुछ नहीं बता रही आपको। खाना लगाती हूँ, बारिश भी अब कम हो रही है।"

"ठीक है, लगाओ। मैं हाथ धोकर आता हूँ।" नीलेश ने उसके गाल खींचते हुए कहा।

"ठीक है, लगाओ। मैं हाथ धोकर आता हूँ।" नीलेश ने उसके गाल खींचते हुए कहा। फिर उन दोनों ने 'लंच' किया और जाने के लिए निकलने से पहले नीलेश ने ख़नक से पूछा, "क्या मुझे तुम्हें गले लगाने का अधिकार है ?"

फिर उन दोनों ने 'लंच' किया और जाने के लिए निकलने से पहले नीलेश ने ख़नक से पूछा, "क्या मुझे तुम्हें गले लगाने का अधिकार है ?"

और बाँहें खोलकर खड़ा हो गया। ख़नक लगभग दौड़ती-सी आई और नीलेश के सीने से चिपक गई। दोनों ने कसकर एक-दूसरे को थाम लिया और प्यार की बारिश होंठों को भिगोकर उनके माध्यम से हो गई। फिर जब दोनों को थोड़ा होश आया तो ख़नक शरम के मारे नीलेश को देख नहीं पा रही थी। नीलेश ने अपना कॉलर ठीक किया और बोला,

"मीठे के लिए शुक्रिया, मैडम। चलो, अब बारिश रुक गई है तो चलते हैं। बोलो ?"

"जी, चलिए।"

ख़नक बस इतना ही कह पाई। और वे लोग निकल पड़े वहाँ से।

फिर तो मुलाकातों का सिलसिला चल निकला और प्राग की सुंदरता को उन सब दोस्तों के साथ ख़नक ने जो पंद्रह दिन बिताए, वे काफी यादगार बन गए थे और फिर उन सबको वापस भारत लौटकर आना था। वे पंद्रह दिन ख़नक की जिंदगी के मानो सबसे खूबसूरत बीते पंद्रह साल जैसे थे।

हवाई अड्डे पर सबको विदा करने के लिए गई थी ख़नक। नीलेश ने जब विदा लेते वक्त उससे हाथ मिलाना चाहा तो सुबक पड़ी ख़नक।

"नहीं ख़नक, ऐसे नहीं रोते। बस कुछ ही समय की बात है। और ख़नक के आँसू पोंछकर उसे कसकर गले लगा लिया।

और फिर वह चला गया...

कैसे कटे थे दिन अब तक बिना उनसे मिले...
जीते हुए मरे थे या मरकर जिए हैं हम।

□

5

तभी दरवाजे पर लगी घंटी बजी और ख़नक अपने खयालों से बाहर आई। वह उठकर आई और दरवाजा खोला तो देखा कि क्रिस्टीना आई है, शायद उसे कुछ काम होगा या ऐसे ही आई होगी···उम्म पता नहीं। उसने मन में ही सोचा।

"हे ख़नक, आई नीड योर फेवर टुडे।" (हे ख़नक, मुझे आज तुम्हारी मदद चाहिए।)

"येह, स्पीक अप हाउ कैन आई हेल्प यू?" (हाँ बताओ, मैं तुम्हारी किस तरह मदद कर सकती हूँ?)

"फ्यू ऑफ माई फ्रेंड्स आर कमिंग टुडे फॉर लंच एंड मॉम हेड इनवाइटेड फ्यू गेस्ट्स एज वेल, सो इट वुड बी सो काइंड ऑफ यू इफ यू विल अलाऊ मी टू होस्ट देम एट योर होम। प्लीज, आई विल बी हाईली ग्रेटफुल।" (आज मेरे कुछ दोस्त दोपहर के खाने पर आ रहे हैं और माँ ने भी आज ही उनके कुछ मेहमानों को बुला लिया है, तो क्या आज दोपहर के लिए मुझे आपके घर में उन सबको खाना खिलाने तक के लिए रहने की इजाजत देंगी। मैं आपकी बहुत आभारी रहूँगी।)

"डोंट बी सो फॉर्मल क्रिस्टी, ऑफ कोर्स यू कैन।" (इतना

औपचारिक होने की आवश्यकता नहीं है क्रिस्टी, तुम कर सकती हो।)

"ओह! यू आर सच अ हम्बल लेडी, मे गॉड ब्लेस यू एंड योर एव्री विश कम ट्रू।" (आप बहुत ही दयालु महिला हैं, मैं भगवान् से प्रार्थना करती हूँ कि आपकी सारी इच्छाएँ पूरी करे।)

"थैंक्स अ टन डियर।" (बहुत शुक्रिया।)

उसके बात क्रिस्टीना वहाँ से चली गई और ख़नक ने अपना सारा घर साफ करके चमका दिया, फिर चाबी पड़ोस में क्रिस्टीना को देकर ऑफिस के लिए रवाना हो गई।

वैसे तो वो भारत में ही रह रही थी अब, किंतु उसके पड़ोस में एक फिनिश परिवार रहता था। उनकी बेटी क्रिस्टीना ख़नक से काफी छोटी थी, लेकिन बहुत बनती थी आपस में दोनों की।

वैसे तो वो भारत में ही रह रही थी अब, किंतु उसके पड़ोस में एक फिनिश परिवार रहता था। उनकी बेटी क्रिस्टीना ख़नक से काफी छोटी थी, लेकिन बहुत बनती थी आपस में दोनों की।

अपने ऑफिस पहुँचकर उसने उस दिन के लिए अपॉइंटमेंट्स और मीटिंग्स देखीं और अपने काम में लग गई। आज उसे इंटरव्यूज लेने थे और एक जगह चीफ गेस्ट बनकर भी जाना था। इसलिए उसने सोचा, पहले और काम निपटा ले और इसलिए उसने फाइल्स अपने केबिन में मँगवाईं, जिनमें उसके बस सिग्नेचर ही होने थे, क्योंकि देखकर पढ़ तो उसने पहले से ही लिये थे। सिग्नेचर कर ही रही थी कि उसके फोन की घंटी बजी, बिना देखे ही उठाया और बोली, "हम्म, कौन?"

"नीलेश।"

"सॉरी, आई एम बिजी, टॉक टू यू लेटर।" और उसने फोन रख दिया।

तुरंत फिर फोन की घंटी बजी, फिर दुबारा···तीसरी बार···चौथी बार···पता नहीं कितनी बार, पर ख़नक ने फोन को 'साइलेंट मोड' में रख दिया था। हाँ! बीच-बीच में देख रही थी कि कहीं और से तो जरूरी कॉल नहीं आ रही। अभी आधा घंटा ही हुआ था कि फोन करनेवाला खुद सामने आ गया···

तुरंत फिर फोन की घंटी बजी, फिर दुबारा···तीसरी बार···चौथी बार···पता नहीं कितनी बार, पर ख़नक ने फोन को 'साइलेंट मोड' में रख दिया था। हाँ! बीच-बीच में देख रही थी कि कहीं और से तो जरूरी कॉल नहीं आ रही। अभी आधा घंटा ही हुआ था कि फोन करनेवाला खुद सामने आ गया···

हाँ, सही पहचाना, नीलेश ही था और सीधे ख़नक के सामने आकर खड़ा हो गया। पीछे-पीछे चपरासी भी था, बोला, "मैडम! बहुत कोशिश की रोकने की, पर सर माने नहीं, बोले···"

बीच में ही ख़नक ने हाथ ऊपर कर उसे चुप रहने को कहा और बोली, "तुम जाओ और दो चाय भिजवा दो।" फिर नीलेश को देखकर बोली, "आप बैठिए।"

"मैं यहाँ बात करने आया हूँ।"

"हाँ जी, कहिए।"

"समझती क्या हो खुद को?"

"जो भी समझती हूँ, वो हूँ मैं। आप बताइए, कैसे आना हुआ यहाँ?"

"तुम ऐसे कैसे कर सकती हो मेरे साथ? इस तरह बेइज्जती, तुम्हें हो क्या गया है।"

"हहहहहाहा, बेइज्जती, हम्मम्म अच्छा सॉरी, माफी माँगती हूँ। ठीक।"

"यह किस तरह से बात कर रही हो, तुम? तुम तो ऐसी नहीं थी।"

"यह किस तरह से बात कर रही हो, तुम? तुम तो ऐसी नहीं थी।"

"मैं ऐसी ही हूँ, आप बताइए, ऐसा क्या जरूरी काम है, जो आप इतने बेचैन हैं?"

"पूछना था तुमसे, मेरी ख़नक कहाँ है?"

"आपकी ख़नक···कब से? आई थिंक यू आर मैरिड विद किड्स।"

"मैं ऐसी ही हूँ, आप बताइए, ऐसा क्या जरूरी काम है, जो आप इतने बेचैन हैं?"

"पूछना था तुमसे, मेरी ख़नक कहाँ है?"

"आपकी ख़नक···कब से? आई थिंक यू आर मैरिड विद किड्स।"

बिल्कुल शांत हो गया नीलेश कुछ देर के लिए। ऐसे, मानो उसे कुछ समझ न आया हो कि क्या कहना चाहिए उसे। पर फिर बोला, "हाँ, सही कहा तुमने। शादीशुदा हूँ, बच्चे हैं, पर परिस्थितियाँ कुछ ऐसी थीं कि करनी पड़ी मुझे और किसी तरह बस निभा रहा हूँ। वरना सिर्फ तुम हो, जिसका इंतजार किया है और प्यार भी···भरोसा करो, ख़नक! मैं धोखेबाज नहीं हूँ।"

"ओह प्लीज, ईश! क्यों इतना झूठ बोल रहे हैं आप, बच्चे भी क्या जबरदस्ती हुए हैं आपके?"

"यार, अब शादी हुई है तो जिम्मेदारी है न, तो वे उसी का हिस्सा हैं, बस···।"

"जस्ट···कीप···।"

और अंदर-ही-अंदर कुछ बोला शायद ख़नक ने।

"मानता हूँ, तुम जैसा नहीं हूँ और न ही इतनी ताकत है कि अकेले रहने का साहस जुटा पाता। पर यकीन मानो, प्यार तुमसे किया है, बस और किसी से नहीं।"

"बस कीजिए, आप किसी के पति और पिता हैं। आपको ऐसी बातें करना शोभा नहीं देता, नीलेशजी!"

"मानता हूँ, तुम जैसा नहीं हूँ और न ही इतनी ताकत है कि अकेले रहने का साहस जुटा पाता। पर यकीन मानो, प्यार तुमसे किया है, बस और किसी से नहीं।"

"बस कीजिए, आप किसी के पति और पिता हैं। आपको ऐसी बातें करना शोभा नहीं देता, नीलेशजी!"

"क्या तुम कभी माफ नहीं करोगी मुझे?"

"आप मेरे कुछ नहीं हैं, जो मैं आपको कोई सजा दूँ या खफा हो जाऊँ। आप मेरे ईश नहीं, बल्कि किसी और के जीवनसाथी हैं नीलेश! और मुझसे प्लीज तमीज में रहकर बात कर सकते हैं तो ठीक है, वरना आप जा सकते हैं। मुझे बहुत काम करना है।" ख़नक थोड़ा गुस्से में थी।

"हम दोस्त तो रह सकते हैं न···प्लीज।" नीलेश ने फिर कोशिश की।

"आपसे दोस्ती भी नहीं चाहिए मुझे।" ख़नक ने उसकी तरफ देखे बिना कहा।

"मुझे खुद से इतना दूर मत करो। बहुत मुश्किल से मिली हो तुम वापस।" नीलेश की कोशिशें जारी थीं।

"अच्छा! आपने काफी कोशिश की ढूँढ़ने की क्या? ओहह्ह्ह आई एम सो सॉरी, मेरे कारण इतनी तकलीफ हुई।" हाथ जोड़ते हुए ख़नक ने कहा।

"बस करो ख़नक, इतनी कड़वाहट कैसे रख सकती हो तुम मेरे लिए? तुमने तो कहा था कि तुमने सिर्फ मुझसे प्यार किया था···क्या वह सब झूठ था?" नीलेश झल्लाकर बोला।

इस बात पर बहुत तेजी से हँसी ख़नक और फिर लगभग रोते हुए बोली, "यही तो दिक्कत है कि आज तक आगे नहीं बढ़ पा रही। धोखा नहीं दिया जा रहा। पर एक दिन बढ़ जाऊँगी मैं भी आगे। कोई तो बनाया होगा भगवान् ने, जो मुझे सच में प्यार करे और मैं भी उसे कर पाऊँ।"

इस बात पर बहुत तेजी से हँसी ख़नक और फिर लगभग रोते हुए बोली, "यही तो दिक्कत है कि आज तक आगे नहीं बढ़ पा रही। धोखा नहीं दिया जा रहा। पर एक दिन बढ़ जाऊँगी मैं भी आगे। कोई तो बनाया होगा भगवान् ने, जो मुझे सच में प्यार करे और मैं भी उसे कर पाऊँ।"

"प्लीज, पुरानी बातें छोड़कर आगे बढ़ें···बस जानकार ही बनकर सही, प्लीज।" नीलेश बोला।

कुछ देर सोचकर आखिर ख़नक ने हाथ बढ़ा ही दिया और छूते ही

काँप गई। आज भी सिर्फ ईश से ही सिहरन होती है शरीर में। उसने खुद को सँभाला, फिर ईश से बाद में मिलने को कहा और अपने लिए दूसरी चाय मँगवाई।

घर पहुँचकर नीलेश ने सीधे अपने स्टडी में जाकर कुरसी खींची और आँखें बंद करके बैठ गया। आज शायद उसे अपनी गलती का या कह सकते हैं कि पाप का अहसास हुआ था, जब ख़नक ने उसे सिर्फ एक जानकार मानकर आराम से बात की थी। उसे आज से आठ साल पहलेवाली सब बातें याद आने लगीं और फिर वह भी चला गया अपने अतीत का सफर करने…

लगता हैं यूँ मानो कि अब जिंदा नहीं हैं हम…
उसने जब से मुझसे बात छोड़ने की…की!!

□

6

उसे याद आया, जब वे लोग प्राग से वापस आ रहे थे। बहुत रोई थी ख़नक और फिर विदा ले ली थी उससे। हमेशा की तरह उसे लगा था कि ख़नक भी उन लड़कियों जैसी ही है, जो टाइमपास के लिए प्यार के रिश्ते बनाती हैं। और दोस्तों के सामने भी वह यही कहता था, "पता नहीं ऐसा क्या आशीर्वाद है भगवान् का कि मुझे कभी किसी लड़की के पास नहीं जाना पड़ता, बल्कि वो खुद ही मेरे पीछे आ जाती है।"

और दोस्त भी उसे देखकर रश्क करते थे। प्रीतेश, दीक्षांत और प्रियांश हमेशा यही कहते रहते थे कि—

"यार, हमें क्यों नहीं मिलती ऐसी लड़की, बल्कि हमें तो भगा और देती है।"

बस दीपांकर हमेशा उन सबसे अलग मत रखता था। जब भी वे लोग ऐसी बातें करते, वह अनसुना-सा कर देता था। पर इस बार उसे अच्छा नहीं लगा था नीलेश का ऐसे मियाँ मिट्ठू बनने के चक्कर में ख़नक की हँसी उड़ाना, आखिरकार वह बोल ही पड़ा, "ख़नक के भावों की अगर इज्जत नहीं कर सकते तो हँसी तो न उड़ाओ कम-से-

कम। कैसे दोस्त हो तुम सब ? और तुम नीलेश, तुम तो बहुत नजदीक हो उसके, तुम जानते हो कि वह तुम्हें आदर्श मानती है। फिर भी तुम कैसे···"

"रिलैक्स दीपांकर, रिलैक्स···तुम क्यों इतने गरम हो रहे हो ? वह अपने घर में है और उसे कोई नहीं कह रहा जाकर।" प्रियांश ने कहा।

"हाँ, ठीक है, पर ऐसे किसी की भी भावनाओं का मजाक नहीं उड़ाना चाहिए। क्या पता, किसी दिन तुम्हारे साथ भी ऐसा हो जाए। तुम खुद मजाक बन जाओ। थोड़ा सोचकर बोला करो तुम लोग।" दीपांकर ने पलटवार किया।

"अच्छा भाई, माफी···अब शांत हो जाओ, ताकि चलें। भारत में भी लोग इंतजार कर रहे हैं। और वैसे सही कहा तूने, ख़नक ने पास नहीं आने दिया यार ! कुछ ज्यादा ही सनकी है।" नीलेश भी बोल ही पड़ा।

"हाँ, ठीक है, पर ऐसे किसी की भी भावनाओं का मजाक नहीं उड़ाना चाहिए। क्या पता, किसी दिन तुम्हारे साथ भी ऐसा हो जाए। तुम खुद मजाक बन जाओ। थोड़ा सोचकर बोला करो तुम लोग।" दीपांकर ने पलटवार किया।

"हर लड़की ऐसी नहीं होती यार, आज भी कुछ लड़कियाँ शादी, जिसे बंधन समझते हो तुम लोग, उस पर एतबार करती हैं।" दीपांकर बोलकर वहाँ से चला गया आगे।

"लो, अब इसे क्या हो गया ? यह भी ख़नक की कैटेगरी का ही है। चलो, चलते हैं अब। वक्त होनेवाला है बोर्डिंग का।" दीक्षांत ने कहा।

और सब चल दिए। लड़कियाँ पहले ही आगे थीं बाकी और लड़कियों के साथ। जल्द ही सब भारत जाने के लिए उड़ गए थे। अपने देश में पहुँचकर पहले तो सबको थोड़ा सा अजीब लगा, पर आखिर अपना देश अपना ही होता है। पाँच मिनट में ही सब फिर से भारतीय थे। परिवार के साथ खुश··

दोस्त हो तो सबकुछ कितना होता है आसाँ··
जैसे कि खुदा ने सबसे बड़ी दुआ है दी।

□

7

कितनी अजीब बात थी न कि नीलेश को एक बार भी ख़नक का खयाल ही नहीं आया और जब एक महीने बाद सब दोस्त मिले तो प्रीतेश के पूछने पर उसे आभास हुआ कि उसने उसे कॉल नहीं की और न ही उसे अपना यहाँ का नंबर दिया था, जो वह करती।

उसने तुरंत फोन मिलाया, पर वह नंबर बंद हो चुका था। उसने उसके ऑफिस का नंबर पता किया और वहाँ फोन किया तो पता लगा कि कुछ दिन पहले ही उसका काम पूरा हो गया और वह चली गई। उसने दुबई की फ्लाइट करवाई थी। उसके आगे कुछ नहीं पता चल पाया। बहुत कोशिश की नीलेश ने, लेकिन···तब उसे दीपांकर की बात याद आई। आज वाकई वह परेशान था।

फिर ऐसे ही वक्त बीता और अगले साल तक उसकी शादी हो गई। फिर अगले चार सालों में बच्चे भी। और अब पाँच साल कुछ समय पहले ही पूरे हुए थे कि अचानक उसे ख़नक एक कार में जाती दिखी। उसने पीछा किया और वहाँ पहुँचा, जहाँ वह काम करती थी···नहीं, बल्कि वह मालिक थी। यह उसका अपना इंस्टीट्यूशन और ऑफिस था। नीलेश ने उसका नंबर लिया और सात दिन तक काफी हिम्मत करके उसको फोन

किया। तब से अब तक ख़नक की नाराजगी की वजह नहीं समझ पा रहा था, क्योंकि उसने नहीं सोचा था कि वाकई ख़नक उसे इतना प्यार करती है। उसे लगा था कि उसे आकर्षित करने के लिए ऐसा कर रही है। वह नहीं समझ पाया उसके मनोभावों को और उसके अंतर्मन की आवाज को। आज उसे उसका आईना दिखा दिया ख़नक ने। पर वह ख़नक से मिलेगा जरूर और अबकी बार उसको वाकई बहुत अजीज बनाकर रहेगा। आखिर वह नीलेश है। ऐसे कैसे कोई यूँ ही उसकी बेइज्जती कर देगा।

शायद थोड़ी देर का ही पछतावा था, फिर असली रंग आ गया बाहर, बीवी को देखते ही सब बातें भूल गया और··· ।

अगले दिन फिर सुबह-सुबह जॉगिंग करता हुआ, फिर गाड़ी लेकर वह ख़नक के घर के दरवाजे पर पहुँच गया।

शायद थोड़ी देर का ही पछतावा था, फिर असली रंग आ गया बाहर, बीवी को देखते ही सब बातें भूल गया और··· ।

अगले दिन फिर सुबह-सुबह जॉगिंग करता हुआ, फिर गाड़ी लेकर वह ख़नक के घर के दरवाजे पर पहुँच गया।

टिंग डिंग···

टिंग डिंग, टिंग डिंग···

दरवाजा खुला।

"आप फिर?" ख़नक ने देखते ही कहा।

"हाँ, एक दोस्त हूँ तुम्हारा। चाय पीने आया हूँ।" नीलेश ने जवाब दिया।

"हम्म्म, बैठिए।"

अंदर बुलाया ख़नक ने और रसोई की तरफ चली गई।

पानी का गिलास लेकर आई और पकड़ाया, फिर बैठ गई। बिना कुछ भूमिका बाँधे बोली, "आप क्यों रोज परेशान होते हैं आकर, काम हो कुछ तो बता दीजिए।"

"काम तुम्हें पता है कि क्या है तो बेहतर रहेगा कि बता दो।"

"नीलेशजी, मुझे और भी बहुत काम हैं और आपने कहा था कि एक दोस्त की तरह आए हैं तो दोस्त की तरह बात कीजिए, जिगरी क्यों बन रहे हैं?"

"काम तुम्हें पता है कि क्या है तो बेहतर रहेगा कि बता दो।"

"नीलेशजी, मुझे और भी बहुत काम हैं और आपने कहा था कि एक दोस्त की तरह आए हैं तो दोस्त की तरह बात कीजिए, जिगरी क्यों बन रहे हैं?"

"अच्छा बाबा, गलती हो गई। और बताओ, कहाँ की तैयारी है?"

"ऑफिस की ही होती है इस वक्त तो, आप चाय लेंगे?"

"हाँ, बना लो और साथ में रस्क ले आना, यार! सीधा 'जोग' के बाद यहीं आया हूँ।"

कुछ बोली नहीं, बस गरदन हिलाकर चली गई ख़नक। नीलेश ने टीवी ऑन कर लिया और ऐसे ही चैनल बदलने लगा। थोड़ी देर में ख़नक ट्रे ले आई।

"लीजिए।"

नीलेश ने देखा कि ख़नक उसकी पसंद का पोहा और पनीर चीला

बनाकर लाई थी। बहुत अच्छा लगा उसे, जब वह नाश्ता लाई तो उसे वाकई बहुत भूख लगी थी।

"भगवान् तुम्हें खुश रखे बालिके! एक भूखे का पेट भरा है तुमने, वह भी अति स्वादिष्ट भोजन से।"

हँसी आ गई ख़नक को, उसकी नौटंकी देखकर। बोली, "भोजन नहीं नाश्ता, हाहा।"

"हाँ–हाँ, वही। तुम समझ गई न बस तो भगवान् भी समझ जाएगा।"

और दोनों तेज–तेज हँसने लगे।

"शुक्रिया, ख़नक!"

"अरे, इसमें शुक्रिया की क्या बात है, अभी आपने ही कहा कि पुण्य मिलेगा।"

"हम्म्म···अच्छा, चलता हूँ अब। फिर मिलते हैं।"

"जी, जरूर।"

नीलेश अपने घर के लिए रवाना हुआ और ख़नक वापस अंदर आकर नहाने की तैयारी करने लगी। उसे भी देर न हो जाए। सोच रही थी कि कैसे उसने एक ऐसे इनसान को अपना सबकुछ मान लिया, जिसे प्यार का मतलब ही नहीं पता। और इन्हीं सब खयालों के चलते वह अपने ऑफिस के लिए तैयार होने लगी।

अब तो ये आलम है मेरे इश्क–ए–जुनून का यूँ··
···बस उम्र एक जी ली और हो रहे फना!

□

8

हालाँकि आज उसका मन नहीं था जाने का। पर घर में भी क्या करेगी, इसलिए निकल पड़ी। अभी अपनी कार तक पहुँची ही थी कि दीपांकर दिख गया।

"हे! दीप!" ख़नक ने पुकारा। तो दीपांकर ने पलटकर देखा और अचंभित होकर बोला, "ख़नक···तुम···यहाँ, मतलब व्हाट ए सरप्राइज यार!"

"हाँ जी, मैं ही हूँ और तुम बताओ कैसे हो? कहाँ थे इतने दिन? तुम्हें भी याद नहीं आई मेरी, बस उन पंद्रह दिनों की ही दोस्ती थी।"

"अरे नहीं ख़नक, ऐसा कुछ नहीं है। बस सिर्फ इसलिए नहीं किया, क्योंकि चाहता था कि कभी मिल लो हकीकत में ही।"

"अच्छा, मतलब क्या मैं ख्वाबों में मिलती हूँ···हाहा, तुम भी न, अच्छा मजाक कर लेते हो।"

"सच में, तुमसे ख्वाबों में तो मिलता ही रहता था, तुमसे सीखना जो था इतना जिंदादिल रहने का हुनर, क्योंकि जब से तुमसे मिला था। जिंदगी के प्रति मेरी सोच बदल गई और शानदार बदलाव आया (अच्छे में)।"

"कैसे··· ?"

"वो छोड़ो, ये बताओ, कहाँ हो आजकल ?"

"कहाँ मतलब, यहीं हूँ···अपना खुद का एक इंस्टीट्यूट है और बहुत सही चल भी रहा है। बाकी एजुकेशन के फील्ड में ही हूँ। तुमने बताया था कि तुम चार्टर्ड अकाउंटेंट हो, तो कहाँ है तुम्हारा ऑफिस ?"

"ओह ! आई एम सो ग्लैड यू रिमेंबर्ड। हाँ और अब अपना खुद का ऑफिस खोल लिया है। अच्छी प्रैक्टिस चल रही है।"

"कहाँ मतलब, यहीं हूँ···अपना खुद का एक इंस्टीट्यूट है और बहुत सही चल भी रहा है। बाकी एजुकेशन के फील्ड में ही हूँ। तुमने बताया था कि तुम चार्टर्ड अकाउंटेंट हो, तो कहाँ है तुम्हारा ऑफिस ?"

"अरे वाह, यह तो बहुत ही शानदार बात है। तो पार्टी तो बनती है। हहह··· ।"

उसकी बातों का, उसकी शख्सियत का दीपांकर पहले से ही कायल था और अभी जिस तरह से उसने इतने हक से एक दोस्त की तरह बात की, उसे लगा ही नहीं कि इतने साल बाद मिला है उससे। कितनी बेबाक, निश्छल है ख़नक।

"और तुम बताओ, क्या चल रहा है और आजकल काम के अलावा क्या कर रही हो ? शादी की या नहीं अभी तक ?" दीपांकर ने बात आगे बढ़ाई।

"हाहा, सही है, मजाक कर लो। पर अभी मूड नहीं बना।"

"तो कब बनेगा मूड मैडम···वक्त निकल रहा है।" दीपांकर ने छेड़ा।

"अच्छा, तुम्हें बड़ी चिंता हो रही है…हम्म्म, अच्छा है। खैर मेरी छोड़ो, अपने बारे में बताओ। बीवी क्या करती है ? बच्चे कितने बड़े हैं ? कौन से स्कूल में हैं ?"

"बस, बस, बस…रुको। पहले शादी तो करने दो, फिर बच्चों का भी सोच लेंगे कि कहाँ पढ़ाना है।"

"क्या ? तुमने अभी तक शादी नहीं की ?" ख़नक को झटका लगा हो जैसे। फिर आगे बोली, "पर क्यों नहीं की ? और मुझे ज्ञान दे रहे हो।" एक भौंह चढ़ाते हुए ख़नक आगे बोली।

"हम्म्म, सच कहूँ…तुम्हारे जैसी मिली नहीं अभी तक, बस इसलिए नहीं की।"

दीपांकर ने जवाब दिया।

"कुछ भी, हम्म !" ख़नक ने हाथ हवा में हिलाते हुए कहा। तो दीपांकर ने कोई जवाब नहीं दिया पहले तो, फिर बोला, "कहीं चलकर बैठें और कुछ खाएँ ?"

"क्या ? तुमने अभी तक शादी नहीं की ?" ख़नक को झटका लगा हो जैसे। फिर आगे बोली, "पर क्यों नहीं की ? और मुझे ज्ञान दे रहे हो।" एक भौंह चढ़ाते हुए ख़नक आगे बोली।

"हम्म्म, सच कहूँ… तुम्हारे जैसी मिली नहीं…

"हाँ, ठीक है, मेरे घर ही चलते हैं फिर।" ख़नक ने जवाब दिया।

"पक्का।" दीपांकर ने पूछा।

"हाँ दीप, बिल्कुल पक्का। अच्छा लगेगा मुझे। बहुत दिनों बाद किसी दोस्त के साथ चाय पीने और…"

"…पकोड़े खाने का मजा ही कुछ और है, है ना?" दीपांकर ने उसका कथन पूरा किया।

फिर दोनों ने हवा में 'हाई फाइव' किया और चल पड़े अपनी गाड़ी की तरफ। दोनों की गाड़ियाँ अलग-अलग थीं, इसलिए दीपांकर उसके पीछे-पीछे चला रहा था, क्योंकि वह जानता नहीं था कि ख़नक कहाँ रहती है। आधे घंटे में वे लोग ख़नक के घर पहुँच गए। गाड़ियाँ पार्किंग में खड़ी करके दोनों अंदर आए। दरवाजा खुला ही रहने दिया दीपांकर ने।

फिर दोनों ने हवा में 'हाई फाइव' किया और चल पड़े अपनी गाड़ी की तरफ। दोनों की गाड़ियाँ अलग-अलग थीं, इसलिए दीपांकर उसके पीछे-पीछे चला रहा था, क्योंकि वह जानता नहीं था कि ख़नक कहाँ रहती है। आधे घंटे में वे लोग ख़नक के घर पहुँच गए।

"ए.सी. चला लो, दरवाजा बंद कर देना पहले पर।"

"नहीं, ऐसे ही ठीक है, पंखा चल तो रहा है। खिड़कियों से भी अच्छी हवा आ रही है।" दीपांकर ने जवाब दिया।

"आई ट्रस्ट यू, दीप!" रसोई से झाँककर ख़नक ने कहा।

"आई एम ऑनर्ड, लेकिन फिर भी ऐसे ज्यादा सही है।"

"दीप, कहीं तुम्हें मुझसे तो डर नहीं लग रहा। न-न मैं परेशान नहीं करूँगी, पक्का।" ख़नक ने चुहल की।

बहुत तेज हँसा दीपांकर और ख़नक ने भी उसका साथ दिया। फिर चाय बनाकर ले आई और एक प्याला उसे थमाया और साथ में ब्रेड रोल और मिर्च, प्याज, आलू, बैंगन, गोभी के मिक्स पकौड़े भी।

"अरे चटनी ले आऊँ जरा, फिर इत्मीनान से बैठेंगे।" कहकर फिर से रसोई में चली गई और साथ में श्रीराचा सॉस भी ले आई।

"आई लव दिस सॉस। अमेजिंग दैट यू हैव इट।" दीपांकर लगभग बोतल छीनता हुआ बोला।

"मुझे भी बहुत पसंद है, तभी तो है घर में। अच्छा अब खा लो, ठंडे हो रहे हैं···पकौड़े।" ख़नक ने हँसते हुए कहा।

"हाँ-हाँ, तुम भी खाओ, फिर एक पकौड़ा चटनी में डुबोकर मुँह में डालते हुए बोला, "आज भी उतना ही स्वादिष्ट, एकदम नापा-तुला सबकुछ। कमाल हो यार तुम।"

"तुम्हें आज तक याद है कि मैंने क्या बनाया था और स्वाद कैसा था?"

"बेशक!!!!"

ख़नक बहुत खुश हुई और उसे देखने लगी। न चाहते हुए भी दीपांकर की बातें उसके दिल को छू रही थीं। फिर एक टीस-सी उठी कि काश ऐसा ईश ने सोचा होता। पर उन्हें तो कुछ याद नहीं। उनके लिए तो खिलौना थी वो···शायद।

"कहाँ खो गई ख़नक, ठंडी हो गई चाय भी तुम्हारी?"

ख़नक मुसकराई बस, पर बोली कुछ नहीं। फिर दोनों इधर-उधर

"हाँ-हाँ, तुम भी खाओ, फिर एक पकौड़ा चटनी में डुबोकर मुँह में डालते हुए बोला, "आज भी उतना ही स्वादिष्ट, एकदम नापा-तुला सबकुछ। कमाल हो यार तुम।"

"तुम्हें आज तक याद है कि मैंने क्या बनाया था और स्वाद कैसा था?"

की बातें करने लगे। अब दीपांकर ने जाने का सोचा।

"अच्छा, चलता हूँ। बहुत शुक्रिया इतने अच्छे वक्त के लिए।"

"दोस्त हैं हम दीप, शुक्रिया कैसा। ध्यान से पहुँचो और मैसेज कर देना।"

"हम्मम...।"

कुछ इस तरह से यूँ मुझे खामोश कर दिया...
अब खुद से ही बतियाने से डरने लगे हैं हम!!!!

□

9

दीपांकर निकलने ही वाला था कि नीलेश ने अंदर प्रवेश किया।

"ख़नक, यह दरवाजा क्यों खुला है?" बंद करने ही वाला था कि उसकी नजर दीपांकर पर पड़ी।

"अरे दीपांकर, तुम यहाँ? कब आए? मतलब मुझे तो अनुमान ही नहीं कि तुम भी यहाँ हो।" फिर उसको ध्यान से देखकर बोला, "लगता है, जा रहे हो वापस।"

दीपांकर कुछ कहता, उससे पहले ही ख़नक बोल उठी, "नहीं-नहीं, अभी बस पाँच मिनट पहले ही आया है। आज रास्ते में मिला था तो बुलाया था मैंने रात के खाने पर।"

दीपांकर को कुछ समझ नहीं आया, पर यह जरूर आ गया कि ख़नक चाहती थी, वह रुक जाए। इसलिए उसने भी कहा, "तुम्हें भी आज ही मिली क्या ख़नक? मुझे तो यकीन ही नहीं हुआ कि हम पाँच साल बाद मिले हैं और इतना बढ़िया खाना बनाती है ये, मैं कोई पागल हूँ, जो नहीं आता। बस पूछ रहा था कि कुछ लाना हो तो अभी बता दो, वरना मैं आराम से बैठूँ।"

नीलेश की आँखों में ईर्ष्या की झलक साफ दिखाई दे रही थी। दीपांकर ने यह महसूस किया और ख़नक की आँखों में उसे लेकर रोष और असुरक्षा दिखी, वह समझने की कोशिश कर रहा था अभी कि आखिर माजरा क्या है?

"चलिए, बैठते हैं···" ख़नक ने कहा तो सब चल दिए अंदर। नीलेश ने टीवी का रिमोट उठाया और चैनल बदलने लगा। दीपांकर भी उसके पास आकर बैठ गया। ख़नक पानी ले आई थी तब तक। फिर वहीं बैठ गई वह भी।

"चलिए, बैठते हैं···" ख़नक ने कहा तो सब चल दिए अंदर। नीलेश ने टीवी का रिमोट उठाया और चैनल बदलने लगा। दीपांकर भी उसके पास आकर बैठ गया। ख़नक पानी ले आई थी तब तक। फिर वहीं बैठ गई वह भी।

"और कैसे आना हुआ?" नीलेश ने दीपांकर से पूछा।

"बस वैसे ही, जैसे तुम्हारा हुआ।" दीपांकर ने जवाब दिया।

"मतलब?" नीलेश ने विस्मित होकर पूछा। तो दीपांकर ने भी तुरंत जवाब दिया, "मतलब यह कि जिस कारण तुम आए हो, उसी कारण मैं भी आया हूँ···ख़नक से मिलने, दोस्त है ना? क्यों, गलत कह रहा हूँ?"

"नहीं–नहीं, ऐसा नहीं है। सही कह रहे हो तुम, बस मुझे लगा···"

"क्या लगा?" बीच में ही बात काटते हुए दीपांकर ने कहा।

"नहीं, कुछ नहीं।" खिसिया गया नीलेश, उसे समझ नहीं आया कि अब इस बात का क्या जवाब दे। इतने में ही दीपांकर ख़नक से बोला—

"अच्छा, एक बात सुनो, तुम कुछ मत बनाओ, आज बाहर चलते हैं। मौसम भी अच्छा है और काफी दिन से सब दोस्त मिले भी नहीं। मैं बुला लेता हूँ सबको। तुम्हारे हाथ का खाना फिर कभी खाएँगे, अब तो तुम यहीं हो न?"

"हाँ, अब यहीं हूँ, तो रात का खाना बाद के लिए उधार रहा।" ख़नक हँसते हुए बोली। नीलेश से यह सब बिल्कुल बर्दाश्त नहीं हो पा रहा था कि ख़नक किसी से इतना हँसकर बात कर रही है। वह दीपांकर से बोला, "लगता है, अच्छी दोस्ती हो गई है तुम दोनों में, हम्म्म, बढ़िया है।" दीपांकर कुछ कह पाता, इतने में ही ख़नक आ गई तो नीलेश बोला, "ख़नक! मुझे तुमसे कुछ बात करनी है, एक मिनट जरा इधर सुनना।"

"हाँ, अब यहीं हूँ, तो रात का खाना बाद के लिए उधार रहा।" ख़नक हँसते हुए बोली। नीलेश से यह सब बिल्कुल बर्दाश्त नहीं हो पा रहा था कि ख़नक किसी से इतना हँसकर बात कर रही है। वह दीपांकर से बोला, "लगता है, अच्छी दोस्ती हो गई है तुम दोनों में, हम्म्म, बढ़िया है।"

"क्या बात करनी है? आप दीप के सामने ही बोल दीजिए।" ख़नक ने पलटवार किया।

"नहीं, बस तुमसे करनी है, प्लीज।" नीलेश ने कहा।

दो पल के लिए रुकी ख़नक, फिर बोली, "ठीक है, आइए, यहाँ बालकनी में बैठकर बात करते हैं। दीप, तब तक तुम टीवी देख लो।" मुसकराकर ख़नक ने कहा।

"ओके बॉस! एज पर योर ऑर्डर।" और सैल्यूट का इशारा करके चला गया कमरे में टीवी देखने। ख़नक और नीलेश बाहर आकर बैठ गए। ख़नक एक बोतल पानी भी ले आई थी।

"बोलिए, क्या बात करना चाहते थे आप ?"

"तुम कुछ ज्यादा ही बेबाक नहीं हो रही दीपांकर के साथ ?"

"अच्छा···हहह, यह आप कह रहे हैं। आपसे बहुत कम हूँ, सरजी! आपका कोई हक नहीं बनता मुझ पर या मेरी जिंदगी के फैसलों पर। दोस्त हो न आप, तो बस वह ही रहिए। जिगरी न बनिए।"

"अच्छा···हहह, यह आप कह रहे हैं। आपसे बहुत कम हूँ, सरजी! आपका कोई हक नहीं बनता मुझ पर या मेरी जिंदगी के फैसलों पर। दोस्त हो न आप, तो बस वह ही रहिए। जिगरी न बनिए।"

"हद होती है ख़नक, हर बात की। क्या मिलेगा यह सब करके तुम्हें ?"

"आप भूल रहे हैं शायद कि आप शादीशुदा हैं और एक नहीं, दो बच्चों के पापा भी हैं तो कृपया मर्यादा में रहिए।"

"ख़नक प्लीज, मत कहा करो ऐसे। तुम नहीं जानती कि किन स्थितियों में··।"

"हहह! बच्चे पैदा हुए, एक नहीं, दो··हम्मम··· वाकई कमाल की परिस्थिति है आपकी।" ख़नक उठकर जाने लगी तो नीलेश ने उसका हाथ थाम लिया। झटके से छुड़ाया ख़नक ने हाथ अपना और बोली, "माना बहुत प्यार किया है आपसे, पर इतनी सस्ती नहीं हूँ मैं, खबरदार जो दुबारा ऐसा करने की कोशिश की।" और बस निकल गई बाहर।

"क्या हुआ ख़नक, तुम रो रही हो ? सब ठीक है न ?" दीपांकर ने उसे देखते ही पूछा।

"हाँ, सब ठीक है। तुम्हें कोई तकलीफ ? दोस्त ही हो न। अगर टीवी देख लिया हो तो चलें बाहर ?" ख़नक के जवाब देने से पहले ही नीलेश ने जवाब दिया।

कुछ समझ पाता दीपांकर, उससे पहले ख़नक ने कहा, "दोस्त नहीं, जिगरी है मेरा। आपको कोई तकलीफ ?" इतना सुनने के बाद नीलेश से रहा नहीं गया और वह बस निकल गया बाहर। पीछे–पीछे दीपांकर और ख़नक।

"कहाँ चल रहे हैं हम ?" गाड़ी में बैठते ही ख़नक ने पूछा। तो नीलेश बोला, "दीपांकर बताएगा, आज उसी का मन है खाने का बाहर।"

"हाँ तो दीपांकर, बताओ, कहाँ चल रहे हैं हम ?" चहकते हुए ख़नक ने पूछा तो दीपांकर ने कहा, "सब्र मैडमजी, इंतजार करो…सर…प्राइज, हहह… ।"

"अच्छा ठीक है, ले चलो जहाँ चलना है। मुझे तो खाना खाना है, बस।"

"कहाँ चल रहे हैं हम ?" गाड़ी में बैठते ही ख़नक ने पूछा। तो नीलेश बोला, "दीपांकर बताएगा, आज उसी का मन है खाने का बाहर।"

"हाँ तो दीपांकर, बताओ, कहाँ चल रहे हैं हम ?" चहकते हुए ख़नक ने पूछा तो दीपांकर ने कहा, "सब्र मैडमजी, इंतजार करो…सर…प्राइज, हहह… ।"

"तुम तो ऐसे रिएक्ट कर रही हो, जैसे पहली बार जा रही हो बाहर।" नीलेश ने थोड़ा चिढ़ते हुए कहा।

"अरे, नहीं-नहीं, ऐसा नहीं है कि पहली बार जा रही हूँ। पर हाँ, दोस्तों के साथ बहुत समय बाद जा रही हूँ न, इसलिए।"

"हम्मम्ममममम···।" बस इतना ही कहा नीलेश ने और गाड़ी चलाने लगा।

जब खामोशी-सी छा गई तो दीपांकर बोला, "अच्छा, एक बात बताओ ख़नक, तुम्हारे ऑफिस में छुट्टी कब होती है?"

"मेरी छुट्टी···हेहे, गुड क्वेश्चन।"

"क्यों? क्या कोई काम है तुम्हें?" फिर से नीलेश बोला बीच में। अब दीपांकर को आखिर बोलना ही पड़ा, जो इतनी देर से सोच रहा था, "तुम्हारे पेट में क्यों दर्द हो जाता है, मैं कुछ भी पूछता हूँ ख़नक से तो? दिक्कत क्या है तुम्हें?"

"क्यों? क्या कोई काम है तुम्हें?" फिर से नीलेश बोला बीच में। अब दीपांकर को आखिर बोलना ही पड़ा, जो इतनी देर से सोच रहा था, "तुम्हारे पेट में क्यों दर्द हो जाता है, मैं कुछ भी पूछता हूँ ख़नक से तो? दिक्कत क्या है तुम्हें?"

"मुझे क्यों दिक्कत होगी?" नीलेश ने कहा।

"वो तो तुम ही बताओगे न।" दीपांकर ने पलटवार किया।

"नहीं, कोई बात नहीं है, कुछ दर्द नहीं करता मेरा। पूछ लो, जो पूछना है। जिगरी हो न तुम तो।" नीलेश बोला।

"वो तो हूँ।" दीपांकर ने झूठ-मूठ कॉलर उठाने का नाटक किया। फिर ख़नक की तरफ पलटा···

"हाँ तो, ख़नक! बताओ? कब होती है···छुट्टी तुम्हारी?"

"क्या पूछते हो तुम भी दीप, मालिक हूँ, जब चाहे ले लूँ।"

"अरे वाह, यह तो बहुत बढ़िया रहेगा।"

"जब करवानी हो बता देना। ठीक है ?"

"परफेक्ट।" दीपांकर ने खुश होते हुए कहा।

वे लोग पहुँच गए थे और नीलेश गाड़ी पार्क कर रहा था। वहाँ पहुँचकर ख़नक को जो सरप्राइज मिला, वह सोच नहीं सकती थी। उसके सारे 'आठ' दोस्त मतलब उसका कॉलेज ग्रुप, जिनसे वह प्राग में मिली थी, सब वहाँ थे। वह इतना तेज (खुशी में) चीखी कि आजू-बाजू के लोग भी देखने लगे।

वे लोग पहुँच गए थे और नीलेश गाड़ी पार्क कर रहा था। वहाँ पहुँचकर ख़नक को जो सरप्राइज मिला, वह सोच नहीं सकती थी। उसके सारे 'आठ' दोस्त मतलब उसका कॉलेज ग्रुप, जिनसे वह प्राग में मिली थी, सब वहाँ थे। वह इतना तेज (खुशी में) चीखी कि आजू-बाजू के लोग भी देखने लगे।

"ओहह्ह माइईईई गॉड। तुम सब यहाँ। यकीन ही नहीं हो पा रहा।"

"जैसे ही दीपांकर का फोन आया और उसने बताया, बस तुरंत हम सबने 'हाँ' कर दी। आखिर पाँच साल से नहीं मिले थे, यार!" नीलाक्षी ने कहा।

"दीप, ···।" और कुछ नहीं बोल पाई ख़नक। पर दीपांकर उसकी अनकही समझ गया। तुरंत बोला, "अच्छा ठीक है गाइज, अंदर बैठकर बातें करते हैं ना। बहुत भूख लगी है···ख़नक को।" और हँसने लगा।

"अरे नीलेश, तुम! अच्छा तो अब समझ आया कि कहाँ गायब

थे तुम भी इतने साल। बताया क्यों नहीं, शादी कर ली? हम भी आते तो गिफ्ट देकर जाते। पैसे भी बचते। दोनों दोस्त को एक साथ।” काव्या ने नीलेश को देखते ही कहा।

उसकी बातों में अपने शब्द जोड़ते हुए दीपांकर ने कहा, “सिर्फ शादी ही नहीं की, बल्कि अब तो दो बच्चों का पापा भी है हमारा नीलेश।”

“क्यों भाई, इतनी गड़बड़ कर ली थी क्या, जो इतनी जल्दबाजी में की? प्राग का बदला, हम्म्म।” आँख मिचकाते हुए दीक्षांत बोला और फिर ख़नक की तरफ देखकर बोला, “कब की शादी। आखिर हो गया सपना पूरा तुम्हारा। लकी गर्ल।”

“नहीं, वह सब इतनी जल्दी में हुआ कि बस हो गई।” नीलेश ने जवाब दिया।

“क्यों भाई, इतनी गड़बड़ कर ली थी क्या, जो इतनी जल्दबाजी में की? प्राग का बदला, हम्म्म।” आँख मिचकाते हुए दीक्षांत बोला और फिर ख़नक की तरफ देखकर बोला, “कब की शादी। आखिर हो गया सपना पूरा तुम्हारा। लकी गर्ल।”

“हाहाहाहाहा, होगी तो जरूर बताऊँगी दीक्षांतजी, पर हाँ, यह सही कहा कि लकी हूँ मैं।”

सब एकदम सकते में आ गए। उन्हें समझ नहीं आया कि कैसे रिएक्ट करें। तो प्रांजलि बोली, “अच्छा कोई नहीं, कोई बहुत स्पेशल होगा हमारी ख़नक के लिए। तभी तो अभी तक वैसी ही है और हम सबको देखो, बूढ़े लगने लगे हैं।”

कहकर ऐसा मुँह बनाया कि सब हँसने लगे। फिर यहाँ-वहाँ की बातें करने लगे और खाने-गाने का दौर चल निकला। लगभग तीन घंटे सब साथ रहे और फिर अपने-अपने गंतव्य के लिए रवाना हो लिये। सब जानते थे कि अब तो मिलना होता ही रहेगा और फोन नंबर भी ले लिये थे।

"दीप, तुम मुझे छोड़ दोगे न" ख़नक ने कहा।

"हाँ, घर तक छोड़ दूँगा, जरूर मैं तुम्हारे साथ ही चल रहा हूँ। गाड़ी घर पर ही खड़ी है तुम्हारे।"

"अरे हाँ, दिमाग से निकल गया।" जैसे सुकून की साँस आई हो ख़नक को।

"बैठो गाड़ी में, छोड़ देता हूँ।" नीलेश अपनी गाड़ी ले आया था तब तक।

"थैंक यू सो मच यार, मेरी गाड़ी भी ख़नक के यहाँ ही खड़ी है।" दीपांकर ने कहा तो थोड़ा चिढ़ गया नीलेश, पर कोई उपाय नहीं था उसके पास। ख़नक के घर पहुँचकर नीलेश ने बाहर से ही 'फिर मिलेंगे' कह दिया। चाबी उसकी जेब में ही थी। फिर नीलेश के साथ-साथ निकल गया। ख़नक अपने घर में आज मुसकराती हुई दाखिल हुई। ऐसा लग रहा था, जैसे पता नहीं कितने दिनों बाद बहार आई है। उसका मन झूमने-नाचने को कर रहा था। और आज कारण 'ईश' नहीं था।

सोचा न था कभी ऐसा मोड़ भी आएगा फिर से¨
झूमने गुनगुनाने लगेगी खामोशी भी¨फिर से।

□

10

हर पल ऐसे रहते हैं वो खयालों में यूँ···
मैं खुद का होकर भी खुद में नहीं अब।

सुबह के आठ बज रहे थे। नीलेश उठा और बाहर बालकनी में आकर बैठ गया। तृष्णा ने चाय लाकर दे दी उसे। अखबार उसके सामने रख गई। पर नीलेश ने किसी पर ध्यान नहीं दिया। वह बस यह सोच रहा था कि कैसे इतना बदल सकती है ख़नक? कितना प्यार करता है वो उसे, पर वो समझती ही नहीं। बस खफा होकर बैठी है। कैसे मनाऊँ, कैसे समझाऊँ···सब सोच के परे है। ऐसा क्या गुनाह कर दिया मैंने··· बस उसकी जगह किसी और को अपना लिया। यह कोई गुनाह तो नहीं? फिर क्यों? आखिर क्यों इतनी कड़वाहट भर गई है उसमें? ऐसे हजारों, करोड़ों, अनगिनत सवाल उसके मस्तिष्क में घूम रहे थे, पर निष्कर्ष एक ही निकलता था···पता नहीं।

क्या करूँ, कैसे कहूँ, क्या बोलूँ, कहाँ, पर इन सब सवालों का हल मिलेगा। नहीं जिया जा रहा अब ख़नक के बिना···या कि उसके अहं को चोट लगी है। इस सवाल का जवाब खुद उसके पास भी नहीं था। लेकिन हमेशा से उसने जो चाहा, वह उसे मिला है, तो आज ऐसा कैसे

हो सकता है ? नहीं, वह ऐसा नहीं होने देगा। वह उसके अलावा किसी और को नहीं सोच सकती। पर क्या वह खुद ऐसा कर पा रहा है ? तो फिर क्यों वह किसी और से अपेक्षा रखता है ? क्यों उसे ऐसा लगता है कि उसके लिए सब जायज है और दूसरा सिर्फ उसकी सुने, सोचे, समझे··· ?

नहीं। इतना स्वार्थी होना उसके लिए अच्छा नहीं, पर वह नहीं बदल सकता, वह ऐसा ही है। वह जानता है कि ख़नक उससे प्यार करती है और शादी भी उसी से करना चाहती थी तो अब ऐसे नहीं जा सकती। लेकिन वह खुद दोनों को प्यार करता है। न वह तृष्णा के बिना रह सकता है और न ही ख़नक को छोड़ना चाहता है। लोगों की दो पत्नियाँ भी तो होती हैं। बस समाज में हक नहीं मिल पाएगा, बाकी सारी इच्छाएँ पूरी करेगा वह उसकी। कुछ भी करके मना लेगा उसे।

नहीं। इतना स्वार्थी होना उसके लिए अच्छा नहीं, पर वह नहीं बदल सकता, वह ऐसा ही है। वह जानता है कि ख़नक उससे प्यार करती है और शादी भी उसी से करना चाहती थी तो अब ऐसे नहीं जा सकती। लेकिन वह खुद दोनों को प्यार करता है।

"नाश्ता तैयार है, आ जाओ।" अंदर से आवाज आई।

"हाँ, आता हूँ। लगाओ।" उसने जवाब दिया। इतने में ही तृष्णा बाहर आ गई बरतन लेने तो देखा कि चाय का प्याला वैसा ही रखा है, जैसा वह रखकर गई थी।

"क्या हुआ, तबीयत तो ठीक है ?" उसने पूछा।

"हाँ, ठीक है।"

"तो चाय क्यों नहीं पी ?"

"गुनाह हो गया क्या कोई ? नहीं मन किया, नहीं पी··बस।"

"हाँ, ठीक है, पर गुस्सा क्यों हो रहे हो ?"

"ऐसा है, नाश्ता तुम लोग ही कर लो, मैं जा रहा हूँ यहाँ से।"

कहकर गुस्से में उठा और अपने कमरे की तरफ चल दिया। पीछे–पीछे तृष्णा भी गई और बोली, "अरे सुनो तो, क्या हुआ बताओ तो ? क्यों इतना मूड खराब कर रखा है सुबह से ? रात को तो सब ठीक था। क्या दोबारा करना··"

कहकर गुस्से में उठा और अपने कमरे की तरफ चल दिया। पीछे–पीछे तृष्णा भी गई और बोली, "अरे सुनो तो, क्या हुआ बताओ तो ? क्यों इतना मूड खराब कर रखा है सुबह से ? रात को तो सब ठीक था। क्या दोबारा करना··" छेड़ने के इरादे से तृष्णा ने कहा तो नीलेश ने झिड़क दिया उसे। एकदम से चिल्ला उठा, "और कुछ काम नहीं है क्या ? क्यों मुझे परेशान कर रखा है ? बक्श दो यार !"

अब तृष्णा को गुस्सा आ गया, क्योंकि ऐसा कभी नहीं किया था नीलेश ने उसके साथ। वह भी पलटकर बोली, "क्यों ? अब वह वापस आ गई है इसलिए ? उसने शादी की या नहीं की ? या आपको फँसाने के इरादे हैं अभी भी ?"

नीलेश का गुस्सा आपे से बाहर था। बिदक गया, बोला, "एक शब्द फालतू मत बोलना और मेरी किस्मत ही खराब थी, जो तुम जैसी

पल्ले पड़ी वरना आज कहानी कुछ और होती।"

"तो सुधारना चाहते हैं गलती, हमारे बच्चे हैं···गलती हैं क्या? रोज रात जो होता है···गलती है क्या? आखिर कहना क्या चाहते हैं आप?"

"मैं कुछ नहीं कहना चाहता, मुझे कुछ देर अकेला छोड़ दो।"

दोनों हाथ जोड़ते हुए बोला नीलेश। कुछ और नहीं बोली फिर तृष्णा, बस उसके सिर पर हाथ फेरकर बाहर चली गई। यह कहते हुए, "मुझे भी भूख लगी है, जल्दी आना।"

कुछ नहीं कहा नीलेश ने, बस सिर पर हाथ रखकर बैठ गया। लगभग एक घंटे बाद बाहर गया तो देखा कि अभी भी उसका और तृष्णा का नाश्ता रखा है। उसने इधर-उधर देखा। तृष्णा दिखी नहीं कहीं, रसोई की तरफ गया तो वहाँ थी। उसने जाकर पीछे से उसे पकड़ लिया और गाल को चूम लिया और बोला, "भूख लगी है···।"

दोनों हाथ जोड़ते हुए बोला नीलेश। कुछ और नहीं बोली फिर तृष्णा, बस उसके सिर पर हाथ फेरकर बाहर चली गई। यह कहते हुए, "मुझे भी भूख लगी है, जल्दी आना।"

उसकी आँखों की शरारत समझ रही थी तृष्णा। बोली, "मुझे भी।" फिर बाहर निकले रसोई से दोनों और अपने कमरे में चले गए।

□

11

आज थोड़ा और खो दिया है उन्हें···
आज थोड़ा और दूर हो गए वो···हमसे।

नीलेश तृष्णा से प्यार करता है या नहीं, यह वह खुद ही नहीं जानता, पर इतना जानता है कि वह उसके बिना नहीं रह पाएगा। और ख़नक को बस उसे पाना है, क्योंकि ख़नक ने उसके अहं को चोट पहुँचाई और उसे ठुकरा दिया। जब ख़नक सिर्फ उससे प्यार करती थी तो फिर ऐसे कैसे अब बदल गई। माना, शादी नहीं की उसने, पर···ऐसे ही ऊल-जलूल से विचार दिमाग में घूमते रहे।

"गुड मॉर्निंग!" तृष्णा की आवाज से वर्तमान में लौटा नीलेश।

"आह! गुड मॉर्निंग बीवी!" नीलेश ने भी वैसे ही चहकते हुए जवाब दिया।

"चाय लीजिए।"

"हम्म, अच्छा, मीठी करके पिला दो।" शरारती लहजे में नीलेश बोला तो शरमा गई तृष्णा। नीलेश मुसकराया और फिर पूछा, "आज अखबार नहीं आया क्या?"

“अभी नहीं आया, शायद बारिश की वजह से देर हो गई है।”

“हम्मम्म।”

“नाश्ते में क्या बनाऊँ आज ?” तृष्णा ने पूछा।

“आज जल्दी निकलना है, नाश्ता बाहर ही करूँगा। लंच तक आ जाऊँ शायद।”

“कहाँ जाना है ?”

“ऐसे ही काम है, किसी से मिलने।”

“ख़नक से ?”

नीलेश ने कोई जवाब नहीं दिया। प्याला रखकर और बस उठकर बाथरूम की तरफ चला गया।

“यह ठीक नहीं है नील, आप क्यों मिलते हो उससे ? मुझमें कोई कमी आ गई है क्या ?”

नीलेश ने कोई जवाब नहीं दिया। प्याला रखकर और बस उठकर बाथरूम की तरफ चला गया। “यह ठीक नहीं है नील, आप क्यों मिलते हो उससे ? मुझमें कोई कमी आ गई है क्या ?”

फिर भी कोई जवाब नहीं दिया उसने। तृष्णा ने गुस्से में धीरे से जमीन पर पैर मारा और खाली प्याला लेकर बाहर चली गई। थोड़ी देर में नीलेश आया निकलकर और जाने लगा, तो तृष्णा बोली, “मैं भी चलूँ आपके साथ ? मिल लूँगी आपकी दोस्त से।”

“क्या करना है मिलकर ?”

“देखना है बस उन्हें, बातें करनी हैं।”

नीलेश ने कुछ कहने के लिए मुँह खोला, पर फिर चुप हो गया। तो

तृष्णा फिर बोली, "तो कभी घर ही बुला लीजिए उन्हें।"

"मैं चलता हूँ।"

कहकर निकल गया नीलेश। उसे तृष्णा की किसी भी बात का जवाब देना उचित नहीं लगा। उसे बस ख़नक से मिलना था और वह बिल्कुल देर नहीं करना चाहता था। सोचा कि आज उसके लिए 'फूल' लेकर चले। तो उसने खूबसूरत गुलाब लिये और गाड़ी दौड़ा दी ख़नक के घर की तरफ। आज वह उसे मनाकर ही रहेगा। घर के बाहर गाड़ी रोकी और अंदर चला गया सीधे।

ख़नक सोफे पर बैठी चाय पी रही थी और अखबार पढ़ रही थी। उसने एकदम उसके सामने जाकर फूल रख दिए। एकदम से उछल पड़ी ख़नक। फिर नीलेश को देखकर बोली, "ऐसे कोई डराता है क्या ईश? हद करते हैं आप भी।"

ख़नक सोफे पर बैठी चाय पी रही थी और अखबार पढ़ रही थी। उसने एकदम उसके सामने जाकर फूल रख दिए। एकदम से उछल पड़ी ख़नक। फिर नीलेश को देखकर बोली, "ऐसे कोई डराता है क्या ईश? हद करते हैं आप भी।"

"अहाँ! आज तुमने मुझे मेरे नाम से पुकारा। शुक्रिया।"

कुछ नहीं बोली ख़नक, बस शांत रही।

"अच्छा, क्या बनाया है आज नाश्ता, भूख लगी है बहुत और तुम्हारे हाथ का खाना खाना मतलब···वाह।"

"बताइए, क्या खाएँगे? बना देती हूँ।" मुसकराते हुए ख़नक ने पूछा।

"जो भी खाना हो, बना लो, साथ ही करेंगे।"

"पर मुझे तो दीप के घर जाना है आज नाश्ते पर। आते ही होंगे लेने।"

"क्या????" जैसे बहुत जोर का झटका लगा हो उसे। फिर थोड़ा सँभलकर बोला, "बताया नहीं तुमने मुझे?"

"बताना जरूरी था क्या?"

"नहीं, पर फिर भी।"

"अब पता चल गया न। बताइए, क्या खाएँगे?"

"कुछ नहीं, रहने दो। चाय पिला दो खाली।"

"ठीक है।" कहकर अंदर चली गई ख़नक। नीलेश को बहुत ज्यादा गुस्सा आ रहा था, पर चाहकर भी कुछ कह नहीं पा रहा था।

इतने में ख़नक उसके लिए नाश्ता और चाय ले आई। मटर पराँठा और उपमा। कमाल का बनाती है सच में, और इतनी जल्दी। पर वह चुपचाप खाने लगा। इतने में ही दरवाजे की घंटी बजी।

इतने में ख़नक उसके लिए नाश्ता और चाय ले आई। मटर पराँठा और उपमा। कमाल का बनाती है सच में, और इतनी जल्दी। पर वह चुपचाप खाने लगा। इतने में ही दरवाजे की घंटी बजी।

"दीप होगा।" कहकर दरवाजे तक गई ख़नक।

"खुला तो था, तुम भी न।"

कहता हुआ दीपांकर ख़नक के साथ अंदर दाखिल हुआ। नीलेश को देखते ही अचानक उसके मुँह से निकला, "कोइंसिडेंस अगेन।"

“हे! हैलो दीपांकर! कैसे हो?”

ख़नक अंदर तैयार होने चली गई। और वे दोनों वहीं बैठ गए। नीलेश ने जवाब दिया, “अच्छा हूँ, हमेशा की तरह। तुम बताओ।”

“मैं भी अच्छा हूँ।”

“कहीं जा रहे हो, या ऐसे ही रास्ते में ब्रेक लिया?”

“ख़नक से मिलने ही आया था और पता लगा कि वह व्यस्त है आज। बाद में आ जाऊँगा कभी।” फिर रुककर बोला, “आज वैसे क्या है, कोई खास बात है, जो नाश्ते पर ले जा रहे हो अपने घर?”

“कुछ नहीं, बस ऐसे ही, माँ से मिलवाना था।”

मानो एक झटका लगा हो नीलेश को। उसे समझ नहीं आया कि क्यों मिलवाना है माँ से ख़नक को? आखिर क्या चल रहा है दोनों में? पर खामोश रहा, उसे अभी कुछ पूछना सही नहीं लगा। चलने के लिए उठा और दीपांकर से बोला, “चलो, तुम लोग भी वक्त से निकलो। मैं चलता हूँ।” उसने हाथ मिलाया और निकल गया।

“कहीं जा रहे हो, या ऐसे ही रास्ते में ब्रेक लिया?”

“ख़नक से मिलने ही आया था और पता लगा कि वह व्यस्त है आज। बाद में आ जाऊँगा कभी।” फिर रुककर बोला, “आज वैसे क्या है, कोई खास बात है, जो नाश्ते पर ले जा रहे हो अपने घर?”

ख़नक तैयार होकर आई तो दीपांकर उसे देखता ही रह गया। बेहद खूबसूरत तो कभी नहीं थी वह, पर उसको पहनने का सलीका था और

तेजस्वी लगती थी, जो उसे खूबसूरत बनाता था। दीपांकर ने आज तक उसे भारतीय परिधान में नहीं देखा था। और आज···

"वाह!"

ख़नक ने विचित्र मुद्रा बनाई और कंधे उचकाकर पूछा, "क्या हुआ?"

"कुछ नहीं, चलें?"

"हाँ जी, जरूर। अच्छा, मैं ठीक लग रही हूँ न?"

"हम्म्म···।" बिना उसकी तरफ देखे ही जब दीपांकर ने जवाब दिया तो ख़नक बोली, "देख तो लेते, फिर बोलते।" और बस चुपचाप जाकर गाड़ी में बैठ गई। दीपांकर को उसके बचपने पर हँसी आ गई, जिसे उसने बड़ी मुश्किल से रोका।

"हम्म्म···।" बिना उसकी तरफ देखे ही जब दीपांकर ने जवाब दिया तो ख़नक बोली, "देख तो लेते, फिर बोलते।" और बस चुपचाप जाकर गाड़ी में बैठ गई। दीपांकर को उसके बचपने पर हँसी आ गई, जिसे उसने बड़ी मुश्किल से रोका।

"दीप, सुनो! रास्ते से फ्रूट्स ले लेना।"

"क्यों?"

"ले लेना ना।" ख़नक ने चिढ़ते हुए कहा। दीपांकर ने गरदन हिलाकर हामी भर दी। सब सामान, फल लेते हुए वे घर पहुँचे तो देखा कि माँ इंतजार ही कर रही थीं। ख़नक ने उतरकर उनके पैर छुए और उनके साथ ही अंदर चली गई।

बहुत अच्छा लगा था ख़नक को आज वहाँ आकर। सब उससे इतना प्यार और अपनेपन से व्यवहार कर रहे थे, जैसेकि उसी का घर है। उसे भी अपने माँ–पापा की याद आ गई, जिनसे उसने सालों पहले रिश्ता तोड़ लिया था। वह भी नीलेश की वजह से। और अब जब से नीलेश की सच्चाई पता चली है, उसे खुद पर ही गुस्सा आता था कि क्यों, उसने नहीं सोचा कि वह उसका इंतजार नहीं करेगा? अब किस मुँह से जाए उनके पास? वह यह सब सोच ही रही थी कि दीपांकर आकर अपनी माँ से बोला, "माँ! कुछ और लोग भी आए हैं।"

बहुत अच्छा लगा था ख़नक को आज वहाँ आकर। सब उससे इतना प्यार और अपनेपन से व्यवहार कर रहे थे, जैसेकि उसी का घर है। उसे भी अपने माँ–पापा की याद आ गई, जिनसे उसने सालों पहले रिश्ता तोड़ लिया था। वह भी नीलेश की वजह से।

"अच्छा बिठाओ, मैं आती हूँ।"

"जी।" और दीपांकर बाहर चला गया। उसकी माँ ने उठकर अपनी साड़ी, पल्ला ठीक किया और ख़नक से बोली, "आओ बेटा, चलें?" और ख़नक को अपने साथ ले आईं बाहर, वहाँ सबको देखते ही जैसे स्तब्ध हो गई ख़नक, बस इतना ही निकल पाया मुँह से—

"माँ···पापा···!"

और फिर दौड़कर उनके गले से लग गई और बुरी तरह रोने लगी।

"मुझे माफ कर दो, माँ! पापा, मुझसे बहुत बड़ी गलती हो गई थी, पर मैं आप लोगों का सामना कैसे करती कि मैं हार गई। मैं···।"

"बस बेटा, हमें तुझसे कोई शिकायत नहीं है। हम तो कब से तेरा

इंतजार कर रहे थे। राजी-खुशी पता चल जाती थी। उसी से तसल्ली कर लेते थे। वह तो कल दीप आया घर और उसने जब सब सच बताया और यह भी कि तू आना चाहती है तो उसने आज यहाँ बुलाया हमें और हम आ गए। अब अपने घर चल न, बेटा।"

और फिर हँसने लगा। सब उसके साथ उस हँसी में शामिल हो गए। बहुत दिनों बाद बेहद खुश थी ख़नक। और उसके चेहरे पर इतनी बेसाख्ता हँसी देखकर दीपांकर का चेहरा भी दमक उठा था। उसे वही पाँच साल पहलेवाली ख़नक दिखाई दी थी आज।

"जी, माँ! घर ही चलूँगी।"

फिर दीपांकर की तरफ पलटकर बोली, "थैंक यू सो मच, दीप! यू डोंट नो व्हाट यू हैव गिवन टू मी। आई विल गिव एनीथिंग यू आस्क ऑफ मी। टेल मी वेनएवर यू वांट।" (बहुत शुक्रिया दीप! तुम्हें नहीं पता कि तुमने मुझे क्या दे दिया है। तुम मुझसे जो माँगोगे, मैं दूँगी। जब भी चाहो कह देना।)

"अभी कह दूँ?"

"हाँ-हाँ, प्लीज बोलो ना।"

"अपने हाथ की शानदार चाय सबको पिलवा दो।"

और फिर हँसने लगा। सब उसके साथ उस हँसी में शामिल हो गए। बहुत दिनों बाद बेहद खुश थी ख़नक। और उसके चेहरे पर इतनी बेसाख्ता हँसी देखकर दीपांकर का चेहरा भी दमक उठा था। उसे वही पाँच साल पहलेवाली ख़नक दिखाई दी थी आज। और एक बार फिर वह उसका दीवाना हो गया था।

□

12

कैसे हुआ अचानक यूँ बदलाव जिंदगी में··
हर पल कुछ नया महसूस करने लगे हैं हम।

अपने माँ-पापा के पास वापस आकर ख़नक बहुत खुश थी। उसे ऐसा लगा, जैसे उसके सारे दर्द खत्म हो गए और वह फिर से बच्ची बन गई थी। माँ की गोद में सिर रखकर सोना। पापा से सिर पर तेल मालिश करवाना। सच में बहुत मिस करती थी वह ये सब।

वह अपने कमरे में बैठकर बच्चों की रिपोर्ट्स देख रही थी, जब उसका फोन घनघना उठा। बिना नंबर देखे ही उठाया और बोली, "हाय! कैसे हो? इतनी देर में फोन किया? भूल गए?"

"अच्छा, तुम्हें भूल सकता हूँ क्या?"

"ओह! ईश··कैसे हो आप?" ख़नक को एकदम आभास हुआ कि यह दीपांकर नहीं।

"तुम बताओ? मैं तो बिल्कुल ठीक हूँ।"

"मैं भी बिल्कुल ठीक हूँ।"

"तो कब मिल रही हो?"

"कुछ काम था क्या ?"

"अरे, अभी तो इतना चहककर उठाया फोन और फिर से ऐसी बातें।"

"हम्म्म, बताइए कुछ काम है क्या ?"

"बस मिलना है। क्या यही काफी नहीं है ?"

"सॉरी ईश, मैं व्यस्त हूँ थोड़ा।"

"ऐसे कितनी व्यस्त हो ? कल शाम घर गया था, वहाँ भी नहीं थी तुम। तुम्हें तो सिर्फ सुबह के नाश्ते पर ही बुलाया था न।"

"हाँ, पर मैं अपने घर हूँ अब।"

"तो मैं कहाँ कह रहा हूँ कि किसी और के घर हो। अच्छा, बताओ न, कब मिलोगी, अभी आ जाऊँ।"

"मैं उधर हूँ ही नहीं, मैं अपने घर में हूँ। माँ–पापा के यहाँ।"

"तो मैं कहाँ कह रहा हूँ कि किसी और के घर हो। अच्छा, बताओ न, कब मिलोगी, अभी आ जाऊँ।"

"मैं उधर हूँ ही नहीं, मैं अपने घर में हूँ। माँ–पापा के यहाँ।"

"ओह अच्छा, अच्छा। कब आओगी वापस ?"

"क्यों ? वापस क्यों आना है ? घर में हूँ अपने।"

"हाँ, पर तुम अलग रहती हो तो मैंने सोचा, शायद···।"

"हाँ, पर अब सब ठीक है। थैंक्स टू दीपांकर।"

"अच्छा, अब ऐसा क्या किया उसने ?" बहुत चिढ़कर बोला नीलेश।

"उसी के कारण मिल पाई हूँ।"

"हम्म्म, आजकल बड़े काम कर रहा है वह तुम्हारे लिए।"

बहुत तेज हँसी ख़नक। ऐसे जैसे कोई चुटकुला सुना हो उसने। बस इतना ही जवाब दिया, "अच्छा? हम्म्म्म···"

फिर थोड़ी देर रुककर बोली, "मुझे कुछ काम है तो मैं बाद में बात करती हूँ। सी यू।"

कहकर वह रिसीवर रखने ही वाली थी कि नीलेश ने टोक दिया, "क्या तुम्हारे पास बिल्कुल वक्त नहीं है मुझसे बात करने का?"

"नहीं, ऐसी कोई बात नहीं है। मुझे वाकई···।"

"काश, मैं इतना मूर्ख होता।"

"अरे! ऐसी कैसी बातें कर रहे हैं आप? ऐसा कुछ नहीं है।"

"हम्म्म! एक बार मिलना तो दूर, बात तक करने का वक्त नहीं अब तुम्हारे पास और कहाँ जा रही हो या रह रही हो, यह भी नहीं पता मुझे और कह रही हो ऐसा कुछ नहीं··हम्म्म?"

कहकर वह रिसीवर रखने ही वाली थी कि नीलेश ने टोक दिया, "क्या तुम्हारे पास बिल्कुल वक्त नहीं है मुझसे बात करने का?"

"नहीं, ऐसी कोई बात नहीं है। मुझे वाकई···।"

"काश, मैं इतना मूर्ख होता।"

"तो आप ही बताइए ना ईश···नीलेश, किस रिश्ते से कहूँ आपको कुछ अब?"

"क्यों? अब क्या कोई नाता नहीं हम दोनों के बीच?"

"मुझसे बेहतर इसका जवाब आपको पता है। खैर, जाने दीजिए। बताइए, क्या जरूरी काम है आपको?"

"एक बार बता दो कि कब तक इतना नाराज रहोगी?"

"क्यों बार-बार एक ही बात पूछ रहे हैं आप? माँ बुला रही हैं, मुझे जाना है।"

"ठीक है, जाओ, पर अपने पापा के घर का पता दे दो। आना है मुझे।"

ख़नक ने कुछ नहीं कहा, सिवाय एक शब्द के—

"नमस्ते।"

चिढ़ गया था नीलेश, पर काबू रखा खुद पर और दीपांकर का नंबर घुमाया ख़नक का पता पाने के लिए। उसे पक्का यकीन था कि उसके पास जरूर मिलेगा। सोच रहा था कि कैसी विडंबना है, जो कभी सिर्फ उसकी थी, आज उसका पता किसी और से लेना पड़ रहा है।

चिढ़ गया था नीलेश, पर काबू रखा खुद पर और दीपांकर का नंबर घुमाया ख़नक का पता पाने के लिए। उसे पक्का यकीन था कि उसके पास जरूर मिलेगा। सोच रहा था कि कैसी विडंबना है, जो कभी सिर्फ उसकी थी, आज उसका पता किसी और से लेना पड़ रहा है।

कहते हैं वो काँच है बिखरा, सँभल के चलें।
पर गहरी पीड़ा जो है अंतर्मन में··
बताए कोई हम उसका क्या करें?

कुछ समझ नहीं आ रहा था नीलेश को कि कैसे वापस पाए वह ख़नक का प्यार। बहुत पछता रहा था वह और अपने परिवार से भी

बहुत प्यार करता था वह, इसलिए छोड़ भी नहीं सकता था। वैसे भी वह जानता था कि ख़नक सबसे अलग है, वह कभी किसी के पति को नहीं छीनेगी। सिर्फ यही कारण है कि वह उससे दूर जा रही है, पर इतनी दूर कि दोस्ती भी नहीं रखना चाहती ? यह बात उसकी समझ से बाहर थी। पर उसने सोच लिया था कि आज जाएगा वह उसके माँ-पापा से मिलने।

□

13

किया जो भरोसा फिर से··
तो कहीं बिखर न जाएँ इस तरह से कुछ यूँ··
न हँस पाए, न रो पाए
बस खामोश हो गए ऐसे, कि
लब अब खुल ना पाए सिल गए हो ज्यूँ!!!!

"ख़नक, खनऽऽऽऽक···कहाँ हो?"

माँ आवाज लगा रही थी। और ख़नक मजे से अपने घर के बगीचे में बैठी फोन पर किसी से बात कर रही थी।

अचानक माँ ने आकर झिंझोड़ा।

"कितनी देर से आवाज लगा रही हूँ, सुनती क्यों नहीं?"

"सॉरी माँ! वो मैं दीप से बात कर रही थी।"

"अच्छा! उसने कुछ बताया नहीं?"

"क्या बताना था, माँ? कुछ खास बात है क्या?"

"पता नहीं, नीचे उसके मम्मी-पापा आए हैं। आ जा तू भी नीचे।"

एकदम से अवाक्–सी देखने लगी ख़नक अपनी माँ को, उसे कुछ भी समझ नहीं आ रहा था। फिर हड़बड़ाकर वह उठी और जल्दी से कपड़े बदलने चली गई।

माँ मुसकरा रही थी।

"आओ ख़नक बेटा, बैठो। कैसी हो? बहुत दिन से तुमसे बात नहीं हुई थी, देखा नहीं था, इसलिए जब आज यहाँ से गुजर रहे थे तो सोचा कि मिलते चलें।"

"आओ ख़नक बेटा, बैठो। कैसी हो? बहुत दिन से तुमसे बात नहीं हुई थी, देखा नहीं था, इसलिए जब आज यहाँ से गुजर रहे थे तो सोचा कि मिलते चलें।"
"जी, बहुत अच्छा किया आंटी! आप दोनों ही आए हैं बस?"

"जी, बहुत अच्छा किया आंटी! आप दोनों ही आए हैं बस?"

दीपांकर की मम्मी मुसकराई और 'हाँ' में गरदन हिलाकर जवाब दिया।

"नहीं, मतलब, मेरा मतलब था कि मुझे कह दिया होता तो मैं ले आती आपको।"

"एक ही बात है, बेटा! अगर दिक्कत होती तो जरूर कहते।" फिर थोड़ा सा रुककर उन्होंने आगे कहा, "एक बात बताओ बेटा, तुम्हें दीपांकर ठीक लगता है?"

नीची नजरें किए ख़नक ने हामी में गरदन हिलाई। फिर अचानक नजरें उठाकर देखा, मानो पूछ रही हो कि ऐसा क्यों पूछा? वे भी शायद समझ गई थीं, इसलिए खुद से ही जवाब दिया, "सोच रही थी

कि तुम दोनों साथ अच्छे लगते हो तो क्यों न हमेशा के लिए साथ हो जाओ। जबरदस्ती नहीं है, तुम आराम से सोचो और अगर ठीक लगे तुम्हारे मन को, तो ही हाँ करना, वरना बच्ची तो तुम हमेशा ही रहोगी हमारी। हमारे रिश्ते में कभी कोई बदलाव नहीं आएगा। पर तुम ज्यादा परेशान मत होना। मैं तुम्हारे जवाब का इंतजार करूँगी, जो भी हो··· बेझिझक कहना।"

"जी···जी, आंटी!" बस इतना ही कह पाई ख़नक, वह सकते में थी। दिमाग सुन्न पड़ गया था जैसे। वह एकदम खामोश थी।

"क्या हुआ बेटा, तुम परेशान हो गई?" दीपांकर की माँ ने पूछा तो ख़नक ने कहा, "नहीं आंटी, ऐसी बात नहीं है। वो अचानक ऐसा कहा न आपने तो, बस और कुछ नहीं।"

"क्या हुआ बेटा, तुम परेशान हो गई?" दीपांकर की माँ ने पूछा तो ख़नक ने कहा, "नहीं आंटी, ऐसी बात नहीं है। वो अचानक ऐसा कहा न आपने तो, बस और कुछ नहीं।"

"पक्का?"

"जी।"

उसकी तरफ से तसल्ली कर दीपांकर के माँ-पापा ने कहा, "अब हमें घर निकलना चाहिए, देर हो जाएगी। ख़नक बेटा, तुम सोचकर बता देना।" और ये सब कहकर वे वहाँ से रुखसत हुए।

ख़नक को समझ नहीं आ रहा था, फिर उसने सोचा कि एक बार बात करके देखेगी दीप से। आखिर ऐसा क्या हुआ कि आंटी ने ऐसा कहा या सोचा। एक बार मिलेगी तो पता चलेगा। यह सोचकर उसने उस वक्त माँ-पापा के आगे ऐसा कुछ नहीं कहा कि उनका मूड

खराब हो। अपने कमरे में जाकर उसने दीपांकर को फोन मिलाया—ट्रिंगग्गग्गग्गग्गग, ट्रिंगग्गग्गग्गग्ग…

"हैलो, मैडम!"

"कहाँ हो?" बिना भूमिका बाँधे ख़नक ने कहा।

"क्या हुआ ख़नक, सब ठीक तो है?" थोड़ा परेशान हो गया दीपांकर।

"मिलो, फिर बात करते हैं। ठीक है, तो कहाँ आऊँ?"

"जहाँ बोलो, वहीं आ जाओ।"

"ठीक है, फिर तुम्हारे और मेरे घर के बीच में कहीं मिलते हैं।"

"ठीक है, 'सर्किल' पर मिलते हैं।"

"ठीक है, दस मिनट में मिलते हैं।" कहकर ख़नक ने फोन रख दिया।

फिर ख़नक ने अपनी गाड़ी की चाबी उठाई और निकल पड़ी। कहते हुए, "माँ-पापा, आती हूँ थोड़ी देर में।"

"ठीक है, 'सर्किल' पर मिलते हैं।"

"ठीक है, दस मिनट में मिलते हैं।" कहकर ख़नक ने फोन रख दिया।

फिर ख़नक ने अपनी गाड़ी की चाबी उठाई और निकल पड़ी। कहते हुए, "माँ-पापा, आती हूँ थोड़ी देर में।"

"ठीक है बेटा, ध्यान रखना।"

"जी।"

बहुत गंभीर मुद्रा में थी ख़नक, कोई भी बता सकता था कि आज

उसका मूड खराब है। भगवान् भी न जाने कौन से गुनाह की सजा दे रहा है। इतने में ही उसे दीपांकर की गाड़ी दिखी। वह फटाफट गाड़ी पार्क करके नीचे उतरी। दीपांकर भी लगभग दौड़ता हुआ-सा आया।

"क्या बात है, ख़नक ? क्यों इतनी बदहवास-सी थी तुम ?"

"मुझे तुमसे कुछ पूछना है।"

"हाँ-हाँ, बेझिझक पूछो।"

"आज तुम्हारे माँ-पापा घर आए थे।"

"हाँ, अभी उनका कॉल आया था, तब बताया उन्होंने मुझे। हालाँकि मैं गुस्सा भी हुआ कि अकेले जाने के बजाय ले चलते मुझे या कह देते, ड्राइवर कर देता। पहले ही तबीयत खराब रहती है। कुछ नहीं समझते, कभी-कभी बच्चों जैसी हरकतें करते हैं।"

"हाँ, अभी उनका कॉल आया था, तब बताया उन्होंने मुझे। हालाँकि मैं गुस्सा भी हुआ कि अकेले जाने के बजाय ले चलते मुझे या कह देते, ड्राइवर कर देता। पहले ही तबीयत खराब रहती है। कुछ नहीं समझते, कभी-कभी बच्चों जैसी हरकतें करते हैं।"

"तुम्हें नहीं पता कि वे लोग क्यों आए थे ?"

"मिलने आए होंगे तुमसे और क्यों आएँगे ?"

"नहीं, मिलने नहीं आए थे।"

"अच्छा!" बड़े अचरज से कहा दीपांकर ने, "फिर ?"

"वो लोग⋯।"

पूरी कर भी नहीं पाई थी अपनी बात कि नीलेश आ गया अचानक से।

"क्या बात है ? आजकल बड़ा इधर-उधर खड़े होते हो तुम लोग। घर या कैफे में ही बैठ जाया करो।" नीलेश बोला।

"हम कहीं भी खड़े हों और कुछ भी करें। आपको दिक्कत क्या है ?" ख़नक ने खीजकर जवाब दिया।

"नहीं-नहीं मैडम, बिल्कुल दिक्कत नहीं, पर ऐसे सड़क पर खड़े होने से बेहतर है कि अंदर किसी कैफे में बैठ जाते।"

"आपकी राय के लिए बहुत शुक्रिया।"

"और तुम बताओ, दीपांकर। बड़े मजे में हो आजकल लगता है।"

"नहीं-नहीं मैडम, बिल्कुल दिक्कत नहीं, पर ऐसे सड़क पर खड़े होने से बेहतर है कि अंदर किसी कैफे में बैठ जाते।"

"आपकी राय के लिए बहुत शुक्रिया।"

"और तुम बताओ, दीपांकर। बड़े मजे में हो आजकल लगता है।"

"मैं हमेशा ही मजे में रहता हूँ। तुम्हें क्या दिक्कत हुई ?" अब दीपांकर ने जवाब दिया था।

"चलो बढ़िया है, किसी की तो ऐश है, वरना लोग तो मिलने क्या, बात करने से भी मुकर जाते हैं।"

अब ख़नक अपना आपा खो बैठी। पहले ही दिमाग खराब था और ऊपर से इन तानों ने और ज्यादा दिमाग हिला दिया था। वह बोली,

"हम दोनों चाहे ऐश करें, चाहे बात करें। हक है हमारा, क्योंकि हम धोखा नहीं दे रहे एक-दूसरे को और न ही फायदा उठा रहे हैं। शादी होनेवाली है हमारी। मँगेतर हैं हम। आपको क्या दिक्कत है? आप अपने घर जाइए न।"

सकते में आ गया नीलेश, लड़खड़ा गया। उसे यकीन नहीं हो पाया इस बात का। दीपांकर ने सँभाला उसे, जबकि वह खुद ही नहीं समझ पा रहा था कि माजरा क्या है?

"सँभलकर नीलेश! तुम ठीक तो हो?" दीपांकर ने पूछा।

"बस रहने दो।" नीलेश ने उसका हाथ पीछे कर दिया। फिर ख़नक से बोला, "तुम्हें पता है, तुम क्या कर रही हो? तुम तो कहती थी कि तुमने सिर्फ मुझसे प्यार किया और कभी किसी की नहीं हो सकती। तो यह क्या है, फिर?" और तेज-तेज हँसने लगा नीलेश।

"बस रहने दो।" नीलेश ने उसका हाथ पीछे कर दिया। फिर ख़नक से बोला, "तुम्हें पता है, तुम क्या कर रही हो? तुम तो कहती थी कि तुमने सिर्फ मुझसे प्यार किया और कभी किसी की नहीं हो सकती। तो यह क्या है, फिर?" और तेज-तेज हँसने लगा नीलेश।

"बस नीलेश! बहुत बेवकूफ बना लिया, अब बस कीजिए। कहा तो आपने भी था कि मेरा इंतजार करेंगे। लेकिन आप···शर्म आती है, यह सोचते हुए भी कि मैंने ऐसे व्यक्ति को अपना आदर्श माना और उससे प्यार किया, जिसे प्यार की परिभाषा ही नहीं पता। उसके लिए प्यार भौतिक और अस्थायी है और आत्मा या मन का उससे कोई लेना-देना नहीं। उसके अहंकार को ठेस लगी,

जब उसने देखा कि जो उसे प्यार करती है, वह किसी और के साथ क्यों है? पर उसने खुद को नहीं देखा कि वह खुद क्या कर रहा है। वह दो-दो औरतों की भावनाओं के साथ फायदे उठाना चाह रहा था। और मैं ऐसी बेवकूफ हरगिज नहीं। बचपन का इश्क मरते दम तक साथ रहेगा, पर मैं उसकी बीवी को उसके कर्मों की सजा नहीं दे सकती। अगर उसकी बीवी भी उसके साथ ऐसा करे तो कैसा लगेगा, एक बार अगर वह सोचे तो शायद उन्हें समझ आए, पर ऐसा कोई नहीं सोच पाता। स्वार्थी होता है इनसान। जो उसे खुद को ठीक लगे, वह ठीक, बाकी दूसरा ऐसा करे तो क्यों? किसलिए? हाहा··· कितने स्वार्थी हैं, वो ये अब इतने सालों बाद मुझे पता लगा। वरना बेचारी एक मासूम औरत का घर उजाड़ने से भी बाज नहीं आते वो।"

फिर थोड़ा सा विराम लिया और नीलेश की ओर मुसकराकर देखते हुए बोली, "सोच लीजिएगा, जैसे आपने किसी के साथ किया, अब आपके साथ भी वैसा ही हो रहा है।"

फिर दीपांकर का हाथ थामते हुए बोली, "चलिए दीप! घर पर सब इंतजार कर रहे होंगे। हमारी शादी होनेवाली है।"

फिर थोड़ा सा विराम लिया और नीलेश की ओर मुसकराकर देखते हुए बोली, "सोच लीजिएगा, जैसे आपने किसी के साथ किया, अब आपके साथ भी वैसा ही हो रहा है।" फिर दीपांकर का हाथ थामते हुए बोली, "चलिए दीप! घर पर सब इंतजार कर रहे होंगे। हमारी शादी होनेवाली है।"

दीपांकर ने भी उसका हाथ थाम लिया और बोला, "चलो ख़नक! और नीलेश तुम्हें कार्ड देने जरूर आएँगे हम। शादी में आना जरूर।"

कहते हुए दीपांकर ख़नक का हाथ थामे आगे अपनी गाड़ी की तरफ बढ़ गया और उसमें बैठने ही वाला था कि नीलेश ने एक बार फिर आकर कहा, "तुम दोनों ऐसा करके कभी खुश नहीं रहोगे। किसी का दिल दुखाकर पाई गई खुशी कुछ ही वक्त की होती है। तुम दोनों ने मेरे साथ विश्वासघात किया है।"

"शुक्रिया! तहेदिल से आभार, इस अहसास को समझने के लिए और हमें दुआएँ देने के लिए। नमस्कार, उम्मीद है कि इस जन्म में कभी मुलाकात नहीं होगी।"

यह कहकर ख़नक ने दरवाजा बंद कर लिया और दीपांकर ने गाड़ी आगे बढ़ा ली।

कैसा तूफान है आया, आज इस जमीन-ए-रूह पे,
जिसके साथ थे अब, साथ वो ही नहीं...
...और दुनिया खिलखिला रही।

□

14

दीपांकर और ख़नक बस ऐसे ही कुछ चक्कर लगाने लगे, ताकि बातचीत हो सके। उसके बाद जाकर गाड़ी ले आएँगे। पार्किंग में ही खड़ी थी। दीपांकर ने ही बातचीत की शुरुआत की, "ख़नक, जो तुम कह रही थी, वह सब क्या सच है?"

"तुम नहीं करना चाहते मुझसे शादी?"

"ऐसी बात नहीं है, पर तुम क्या वाकई तैयार हो?"

"हाँ, दीप! एंड क्रेडिट गोज टू वन एंड ओनली नीलेशजी। क्योंकि जब मैं आई थी, मैं झगड़ने आई थी और नीलेश ने आकर सबकुछ ठीक कर दिया।"

"सच में…।" दीपांकर के बाकी के शब्द अंदर ही रह गए।

पर वह बहुत-बहुत-बहुत खुश था, क्योंकि उसने हमेशा ख़नक को प्यार किया है। और उसी के सपने देखे हैं। इतनी जल्दी उसका यह सपना सच हो जाएगा, उसने सोचा न था।

वहीं ख़नक सोच रही थी, किसी की दुनिया में दूसरी औरत बनने से बेहतर है इज्जत की जिंदगी, जायज हक से जीने की आजादी। दीपांकर

उसका सबसे करीबी दोस्त, उसका जिगरी है और उसके साथ अपनी पूरी जिंदगी जीना वाकई फख्र की बात है। वह फैसला ले चुकी थी और अब बस माँ–पापा और आंटी–अंकल को बताना है। अचानक भाव–विह्वल हो गई और दीपांकर का हाथ फिर से थामते हुए बोली, "दीप, मेरी जिंदगी में आने और मुझे थामने के लिए बहुत–बहुत शुक्रिया। हमेशा यूँ ही साथ देना और रहना, चाहे परिस्थिति कैसी भी हो।"

"मैं हमेशा साथ निभाऊँगा। हमेशा, हमेशा, हमेशा…आखिर मेरा सपना सच हुआ है।"

ख़नक भी पनीली आँखों से मुसकरा उठी तो दीपांकर उसके चेहरे को अपनी हथेलियों में लेकर उसके सारे आँसुओं को पी गया। और बोला, "अब कभी नहीं ख़नक, मैं हूँ न।"

आज ख़नक को लगा कि शायद उसका जन्म का असली उद्देश्य यही था, जिसे उसने पहचानने में काफी देर कर दी। तभी हर जगह दीप उससे टकरा जाता था, लेकिन अब सब निभाएगी, पूरी शिद्दत और ईमानदारी से…!

"मैं हमेशा साथ निभाऊँगा। हमेशा, हमेशा, हमेशा…आखिर मेरा सपना सच हुआ है।"

ख़नक भी पनीली आँखों से मुसकरा उठी तो दीपांकर उसके चेहरे को अपनी हथेलियों में लेकर उसके सारे आँसुओं को पी गया। और बोला, "अब कभी नहीं ख़नक, मैं हूँ न।"

वह एकटक दीपांकर को देखे जा रही थी और दीपांकर भी मुसकरा रहा था।

ख़नक (का इश्क)

उसकी बातें सुनना, अपनी सुनाना,

उसके साथ हँसी-ठिठोली करना॰॰

नाजुक रिश्ते बाँधे रखना॰॰

उसकी होना, मुझे सबकुछ सिखा रहा है॰॰

आहिस्ता-आहिस्ता!!!

॥ इति ॥

□□□